電車の見える公園

香川 菜津子

文芸社

目次

PARTI　東へ西へ

一　こんなはずでは

　春の風を全身に受けながら、きみ子さんが自転車を走らせていると、防災無線から聞き慣れた夕焼けのメロディーが流れてきた。

「午後五時になりました。外で遊んでいる子どもたちは、気を付けて帰りましょう」

　二〇一八年春、ここは東京山の手の閑静な住宅街。今日はきみ子さんが、保育園に孫を迎えに行く約束の日だ。車を運転しないきみ子さんは、こういう時はもっぱら自転車を愛用している。

　この日も自宅を出ると、国道に沿って東へ東へと、ひたすら自転車で走り続けた。次女のまゆみさんの家までは、概ね三十分で着く距離だ。やがて見えてきたガソリンスタンドの手前から脇道に入り、そこからはかつて宿場で栄えていたという旧街道をひた走る。左方向に現れた駅の改札口の前を通り過ぎ、線路に沿って再び東へと走る。間も無く右手に公園が見えてくる。「電車の見える公園」だ。遊具が点在する広場の奥には、草で覆われた丘があり、まだ何人かの子どもたちが名残惜しそうに遊んでいる。入口近くの砂場の脇には芋虫の形をした黄色い遊具があり、きみ子さんは通る度に、その芋虫を横目でちらっと見るのが好きだった。遊具の持ち手を留めている二つのネジの穴がまるで目のようで、遠くから見ると何とも間抜けな顔に見えた。公園の前を通り過ぎ、左手の踏切を渡って商店街へ入ると、道の両脇にはスズランの花に模した街路灯が並んでいる。道が大きく右にカーブする辺りから遠く先の方を見渡すと、まるで白いスズランの花畑のようだ。まゆみさん一家が住むマンションは、そのスズランの道を通り抜けた先にあった。

きみ子さんは、マンションの駐輪場の隅に自転車を止めると、後ろ籠からずっしりと重いリュックサックを下ろして背負おうとするが、あまりの重さにふらつき、自転車を倒してしまうことも度々だ。無事に背負うと、マンションの正面に回り、慣れた手つきでオートロックを解除して、入口を通り抜けるのだった。リュックの中には、仕事で帰りが遅くなるまゆみさん夫婦のために用意した晩御飯のおかずが入っている。家族全員分のおかずの重みのせいで、時々肩や腰が痛くなる。

きみ子さんがエレベーターで五階まで上がり、長い廊下を回り込んで玄関ドアを開けると、目の前の廊下には孫たちの服が散乱している。きみ子さんはその服を器用に飛び越えながら廊下を進み、キッチンへと直行する。そしてリュックサックの中身を取り出して、キッチンとダイニングの間にあるカウンターに並べると、米びつから米を取り出して手早く研ぎ、炊飯器にセット。スイッチを入れる。

こうした一連の作業が終わると、きみ子さんはいつものように、ため息をついて伸びをした。だがきみ子さんの仕事はまだまだこれからだ。再び散らかった服を避けながら玄関に戻り、壁に掛かっている保育園の保護者用カードを首から下げて、孫が待つ保育園へと急ぐのだった。

今度はマンションの正面ではなく裏口から出ると、くねくね曲がる道を五分ほど歩いて行く。細い道を抜けると、やがて前方に象やウサギの絵が大きく描かれた壁が見えてくる。この春から年少児クラスに進級した、孫のくるみちゃんが通う保育園だ。夕方六時少し前で、仕事帰りのママたちがそろそろ迎えに来る時間だが、この日はまだ人影はまばらで静かだった。

最近の保育園は世の中が物騒なせいか、いきなり中には入れない。門の脇のインターホンに向かってクラスと子どもの名前を言ってから、胸に下げたカードをレンズの前にかざす。

「たんぽぽ組のくるみのお迎えに来ました」

入口ドアの鍵が解除される音がした。

三十年以上前、きみ子さんは当時としては珍しく、フルタイムの共働きだった。思い出すと、当時きみ子さんが娘たちを預けていた保育園は、どこもかしこも開けっ放しで、人の出入りも自由だった。保育園は高層の建物が何棟も並ぶ大きな団地の下にあったので、団地の公共スペースに面した通用口から園庭を通り抜け、保育室前のベランダから子どもを受け取ることも多かった。今とは違い、不審者の侵入など想定していない大らかな時代だった。

保育園の玄関を入り、きみ子さんは年少児の保育室に直行する。

「おばあちゃーん」

きみ子さんの姿を見つけると、孫のくるみちゃんが一目散に走って来て、ギュッと抱き付く。幼い子ども特有の甘い匂いがして、たまらなく愛しくなる。

「先生さようなら。また明日遊んでね。けんと君もバイバーイ」

大好きなけんと君に手を振ると、くるみちゃんは保育園の玄関へと、一目散に走り出す。

春で日が長いせいか、外はまだ明るい。きみ子さんは飛び出そうとするくるみちゃんを追いかけて、その手をつかみ歩き出す。くるみちゃんの小さくて柔らかい手を握り、並んで歩くのは楽しいものだ。保育園から姉のあゆみちゃんが待つ学童クラブに行くまでの間、くるみちゃんはいつものように、回らない舌で一生懸命歌を歌ってくれる。意味は分かっていないのだろうが、結構難しい歌のこともある。お姉ちゃんの影響か、テレビアニメのテーマソングが大好きで、特に最近は妖怪アニメにはまっていた。そして学童クラブの出入口で待つ姉のあゆみちゃんと合流すると、今度は姉妹揃って元気に歌いながら帰るのが、お決まりのようになっていた。

次女は夫婦揃って医療従事者で、帰りが夜中近くになることも度々あった。そのため孫たちの送迎だけでなく、夕食を食べさせ、時にはお風呂に入れたり、寝かしつけるのも、きみ子さんの最近の役目になっていた。

きみ子さんには長女のさゆりさんのところにも、中学二年生のゆきちゃんと小学四年生のこう君の、二人の孫がいる。こちらはきみ子さんの家から、国道を西方向に自転車で約二十分走った所に住んでいた。さゆりさんは二人の子どもを養うために毎日遅くまで働いていた。孫たちはある程度自分で身の回りのことが出来る年齢になってはいたが、母子家庭という事情を考え、次女の所に行かない日は、こちらにも出来るだけ夕食のおかずを届けて、それとなく様子を見ていた。

そんなこんなで、きみ子さんの毎日は猛烈に忙しかった。

きみ子さんは心の中でつぶやいた。

こんなはずではなかった。子育てが終わった後の人生は、細々と仕事をしながら趣味に時間を使い、穏やかな老後を送るはずだった。好きな工作や手芸をしたり、映画を見たり。時々孫たちが遊びに来て、お菓子やおもちゃを買ってあげて、「また来てね」とか言って送り出す。日本全国、旅行にも行きたい。そういう、ごく当たり前の老後を思い描いていた。それが、いつからこういう事になったのだろう。少なくともきみ子さんがフルタイムの仕事を退職した直後は、違っていたはずだ。

世の中は、きみ子さんが思っていた程甘くなかった。最近のご時勢を見ると、きみ子さんの娘たちも含めて働く女性が増えたことで、ここぞとばかりに祖父母の活用が叫ばれるようになっていた。それを一説には「高齢者の生き甲斐作り」とも言うらしいが、それは孫の世話がどれだけ重労働か、分かっていない者が言うセリフだ。だがこうなってしまった以上、あれこれ愚痴を言っても仕方がない。きみ子さんはため息をついた。

思い起こしてみるに、きみ子さんの誤算のそもそもの始まりは、二人の娘の予想外に早い結婚と妊娠だった。

二　長女さゆりさんの事情

長女さゆりさんの家庭は、最近よくある母親と子ども二人の母子家庭だった。彼女は、元夫雅夫さんとの間に、ゆきちゃん、こう君という二人の子どもがいるが、雅夫さんによるＤＶが原因で、今から約二年前に、小学六年生と二年生だった子どもたちを連れて家を出た。

元夫は、世間でよく言う酒乱だった。酔っぱらって暴力をふるうことが多かったのだが、困ったことに、酔いが醒めると自分が暴れたことを記憶していなかった。仕事帰りに外で飲み、帰宅してからも家で飲み、挙句の果てに夜中まで大暴れ。だが、周りの者がいくら暴力をやめるように注意しても、本人が覚えていないのだから始末に負えない。寝室のドアに蹴破った跡があっても、朝になると首をかしげるばかりで、自分が仕出かしたこととは思っていないようだった。

きみ子さんの観察によると、こうした暴力はさゆりさんとの結婚以来、何度も繰り返さ

れてきた。度重なる暴力を心配したきみ子さんがさゆりさんに、姑に相談するよう助言したこともあった。しかし姑からは、

「私もずっと我慢してきたのだから、そのくらいで騒ぐなんて、辛抱が足りませんね」と言われ、それ以上何を言っても無駄だったそうだ。娘婿の実家では、昭和から平成にかけて、父親による前時代的な暴力が日常的に行われていて、皆が慣れっこになっていたのだろう。今ならば警察に通報されても文句は言えないように思うが、そこは時代の違いか、父親に逆らう者はいなかった。そして長年父親による暴力を見て育った彼は、無意識の内にそれが亭主のあるべき姿と思い込み、再現していたのかもしれない。

などと、きみ子さんが一人で納得している場合ではないが。

更に付け加えると、彼は妻に対する束縛が強く、モラハラ男でもあった。暴力を振るわれた上に、日々の行動を細かくチェックされるのだから、さゆりさんは心が休まる時がなかった。

思い起こすと二〇〇五年の春、ゆきちゃんがまだ生後数か月の赤ん坊の頃だった。きみ子さんはその日仕事が休みで、慣れないベビーカーを押すさゆりさんの後ろに付き添って、一緒に散歩していた。春一番の風が吹く中、踏切を渡り、駅前の商店街へと向かっていた。

すると突然、さゆりさんの携帯電話がピロロロロ、と甲高い音を立てた。歩道の途中で立ち止まり、急いで電話に出るさゆりさん。

「今、お母さんも一緒に、駅の北口に出たところ。これから商店街とスーパーで買い物して、その後実家でゆっくりしてから帰るね」

雅夫さんにいちいち細かく説明している。すぐ後ろにいるきみ子さんは風が強いこともあって、さっさと電話を切らないかと、イライラしている。だがようやく切れてホッとしても、しばらくすると再び携帯電話が鳴り、どこをどう歩いているなどと、まるで実況中継のように報告させられている。

「あっ、危ない」

思わずきみ子さんは声を上げた。携帯電話を片手で持ち、もう片方の手でベビーカーを押していたさゆりさんはバランスを崩し、ベビーカーの車輪が道路脇の溝にはまってしまったのだ。すぐに溝から車輪を引き出そうとするが、全く動かない。きみ子さんも手伝ってベビーカーの胴体部分を両手で持ち上げ、何とか体勢を立て直すことが出来たが、毎度こんな調子では、いつか大きな事故を起こすに違いない。きみ子さんがそう思い、ため息をついた丁度その時に、再び携帯電話が鳴り出した。きみ子さんはとっさに、さゆりさんの手から携帯電話を奪い、思わず言った。

「危ないからやめてちょうだい。もう少しで事故になるところだったのよ」

きみ子さんは腹を立てると同時に、呆れ果てていた。これでは過干渉を通り越して、ストーカーではないか。

こんな感じで半年ばかりストーカー生活が続いたが、さすがにうんざりしたのだろう、フルタイムの仕事を持っていたさゆりさんは、育児休暇を早めに切り上げ、さっさと職場復帰した。きみ子さんも、その決断に大賛成だった。

だが職場復帰したからといって、万事がうまくいくはずもなかった。それからも、きみ子さんが呆れるような出来事が、次々と起こるのだった。

例えばこんなことがあった。元夫の職場は子どもが病気の場合、男性でも看護休暇を取得出来た。彼はこの制度が大好きで、保育園から発熱などで呼び出しがあると、迷わず利用した。だがこの休暇は、「他に世話をする者がいない場合」に使うものだと思うのだが、違うだろうか。

ある日の昼前、きみ子さんの携帯電話が鳴った。さゆりさんからだ。

「お母さん、ごめん。仕事を抜けられないかな。保育園から呼び出しがあったけど、どうしても駆け付けられない。ゆきちゃんを連れて帰って、取り敢えず家で寝かせておくことって可能かな。私も出来るだけ早く帰るから」

その日きみ子さんは、たまたま痛めた左肘の治療のため仕事を休んでおり、電話を受けた時は、丁度近所の整形外科医院を出たところだった。きみ子さんはすぐ隣にある調剤薬局で薬を受け取ると、通い慣れた近道を小走りし、西方向にある大きな団地の下の保育園へと直行した。廊下の奥にあるゼロ歳児の保育室に行き、ゆきちゃんを引き取ると、ロッカーに入っていた抱っこベルトでしっかりと体に固定した。そのまま団地の中を抜けて、西方向に十数分歩いたところにある長女たちのマンションへと連れ帰った。ゆきちゃんをベビーベッドに寝かせてから二時間ほど遅れて、さゆりさんも帰ってきた。ゆきちゃんは「マ、マ、マぁ」と言葉にならない言葉で甘え、ママに抱き着く。ここまではいい。よくある親子の風景だ。だがそれからしばらくすると、

「ただいま」玄関のドアが開き、どういう訳か父親、つまり雅夫さんの方も帰ってくる。何故帰ってくるのか。不思議な気もするが、さゆりさんが仕事中ですぐに電話に出られなかったため、父親にも保育園から連絡があったらしい。

彼がダイニングルームに入ってくると、暗くて嫌な空気が流れる。きみ子さんは、常識

が通用しない彼を、常に苦手としていた。この日もそうだった。普通の家庭がどうなのか、全て把握している訳では無いが、こういう時は少なくとも、義母であるきみ子さんに対しては、感謝とかいたわりの言葉があって然るべきだろう。だが彼が、

「私が代わりますから、お義母さんは帰って大丈夫です」とでも言うと思ったら大間違いだ。何故なら彼は子どもの世話をする気持ちなど微塵もなく、きみ子さんと自分の妻を監視して、その世話の仕方にケチを付けるために帰ってきたのだから。

早速部屋の奥にあるソファーに陣取った彼は、子どもの心配をするそぶりも見せず、

「僕のことは気にしなくていいですから」

などとうそぶいて、一人くつろいでいる。仕方なくさゆりさんが、ベランダに干してある洗濯物を取り込んだり、夕飯の支度を始めるが、全く手伝う気配もない。

「マぁ、マぁ」ゆきちゃんは体調が悪いこともあり、泣きながらさゆりさんを追いかけるのだが、見かねたきみ子さんが手伝おうとしているのを目にしても、

「おい、泣いているぞ。早く見てやれ」

毎度こんな感じで、きみ子さんは心配のあまり帰るに帰れなくなるのだった。

想像するに、彼の上司は彼が看護休暇を申請する度に、子煩悩で子育てに協力的な父親

だと、だまされていたに違いない。勘違いもいいところだ。

どうしてこんな男と結婚したのか、きみ子さんは不思議でならなかったのだが、結婚前に相手の本性を見抜くのは至難の業と言うことだろう。

今思い出すと、さゆりさんの結婚前後はあり得ないくらい大変だった。

さゆりさんが結婚した二〇〇四年当時、きみ子さんは、まだ地方公務員として毎日忙しく働いていたが、ある日勤務中に、珍しく携帯電話が鳴った。机の引き出しに入れたバッグの中から電話を取り出し、見ると、さゆりさんからだった。きみ子さんは、慌てて部屋を飛び出し、廊下の隅で電話に出た。

「何?」と聞くと、彼女は泣いている。

「私、妊娠しているみたい」

きみ子さんは慌てた。何しろ彼女は就職氷河期と言われた中で、やっとのことで神奈川県にある食品メーカーの内定を得て、つい二か月前に大学を卒業して働き始めたばかりだったからだ。しかも今は新人研修の最中だ。きみ子さんの頭の中は真っ白になった。

それから数か月、何が何だかよく分からない内に、さゆりさんの結婚が決まった。いわゆる出来ちゃった婚だ。彼女のお腹の中の子どもの父親は、大学生の頃から付き合いのあった男性だった。どういう訳か偶然、きみ子さんの家から西方向に一駅行ったところに親が購入した2ＬＤＫのマンションがあり、数年前からそこに住んでいて、さゆりさんはそこに転がり込むように同居した。彼は大手不動産会社の子会社の正社員で、まだ収入は少なく、親が借りたローンの一部も負担していた。それでも家賃を払うよりは楽なので、倹約すればやって行けるだろうと、きみ子さんは楽観的に考えていた。だが、それがそもその間違いだった。

結婚後間もなくのことだ。さゆりさんが夫の目を盗んでやって来た。

「雅夫さんから、独身時代と同じだけの小遣いが欲しいって言われた。子どもも生まれるのに、そんなの無理に決まっているよね」

「いくら欲しいって言っているの」

「月に八万円」

当時彼の手取り収入は二十二万円。残り十四万円で、ローンなどの住居費も入れてこの東京で暮らしていけると思っているのか。

それからの小遣いを巡る攻防はすさまじかった。だが結局さゆりさんは、小遣いの満額支給を認めざるを得なかった。

「彼女の方から八万円でいいよと言ってくれたので、そうしただけです」

彼は平然とそう言ったが、ふざけるのもいい加減にして欲しい。連日の暴力と暴言から身を守るために、やむを得ず認めただけではないか。

こんな状況では、ロストジェネレーションと呼ばれた就職氷河期がまだ続く中で運よく得た職を、あっさり放棄して専業主婦になどなれるはずがない。当時はまだ出産を機に退職する女性が珍しくなかったが、さゆりさんにはあれこれ迷う余地など無かった。幸い働く母親の元で育ってきた彼女は、共働きが普通だと思っていた。その結果、この非常事態を打開するために仕事を続けることを強く希望した。

一方できみ子さんの方も経済的に苦しい家に生まれ育ち、苦労だらけの人生だったので、妊娠したからと言って、退職する必要は無いと思っていた。自分自身が仕事と子育てを両立してきた自負もあった。

きみ子さんの賛同を得たさゆりさんの行動は、素早かった。就職先の上司に、採用初年度いきなりの産休と育児休暇を願い出たのだ。実のところ彼女は、半分は諦めていたようなのだが、当たって砕けろの気持ちだった。

　ところが運のいいことに、絶妙のタイミングで政府による後押しがあった。産休育休の取得を認めなかった企業の名前が、公表されることになったのだ。折しも、女性従業員の産休を認めず、退職に追い込んだ企業が訴えられ、世間の批判を浴びた直後のことだった。さゆりさんは栄養士の枠での採用で、代替要員が不足していたことも幸いして、新入社員でありながら産休を取得するという、ちょっと前にはほとんど考えられなかったことが実現したのだった。

　余談だが、その後職場復帰を果たした彼女は、その企業が「女性に優しい会社」を世間にアピールするためのイメージ戦略に使われるようになった。会社の広報誌などにも、仕事と子育ての両立というテーマで、インタビュー記事が掲載された。要は、うまく利用されたのだが、さゆりさんにとってはラッキーだった。

　こうして、何とか軌道に乗ったかに見えたさゆりさんの結婚生活だったが、四年後に二人目の子どもが生まれ、その数年後にきみ子さんが退職した頃から、再び暗雲が立ち込め始めた。

さゆりさんもそれなりに努力したのだろうが、雅夫さんのＤＶやモラハラは日々エスカレートする一方だった。結局、彼女は子どもを二人産んだ後、上のゆきちゃんが中学校に入学する直前に家を出て、親子三人で暮らすようになった。その決定的瞬間のことを、きみ子さんは今でも鮮明に覚えている。

二〇一六年、ゆきちゃんが小学六年生の時だ。その日は十月も終わりに近づいた寒い日だった。さゆりさんの家庭は、ゆきちゃんが中学受験を目前にして、毎日がピリピリと緊迫した雰囲気だった。そんな日の真夜中、十一時半くらいだろうか、その受験生本人からきみ子さんの家に電話がかかってきた。

こんな時間に何があったのだろう。その時きみ子さんは二階の部屋でうとうとしていたが、電話の音に驚いて、ドアの外の廊下に置いてあった子機を手に取った。

「ゆきちゃん、どうしたの？」

「今、警察の人が来ている」

「えっ、なんで？　何かあったの？」

「今、ちょっと話せないから、後でまた電話する」

警察沙汰になるような事件を経験したことが無かったきみ子さんは、何が何だか分からず、途方に暮れた。それでも急いで夫を叩き起こした。

「大変よ、起きて。ゆきちゃんから電話。家に警察官が来ているって」

「何だって。何か事件でもあったのか」

夫は気が動転した様子で、パジャマの上にトレーニング用のジャージを羽織り、階段を駆け下りた。自転車の鍵を手にして、

「見に行ってくる」と玄関を出ようとしたが、きみ子さんは慌てて夫を制止し、再び電話がかかってくるまで待つように言った。

ふと見ると、時計の針は午前零時を回っている。あれから全く連絡はない。時間だけが過ぎていく。どうしようかと迷っていたその時に、玄関のチャイムが鳴った。既に夜中の二時になっていた。

きみ子さんは急いで玄関の扉を開け、外に出た。目に入ったのは、パトカーと二人の警察官だった。差し出された名刺にはそれぞれ、生活安全課防犯係長（警部補）、生活安全課生活相談係主任（巡査部長）、と書かれていた。彼らの背後のパトカーから、さゆりさんと孫たちも降りてきた。

きみ子さんは、取り敢えず皆に家の中に入ってもらい、話を聞くことにした。

さゆりさんの話では、夜中に夫の雅夫さんが泥酔して大暴れし、部屋のドアを蹴破ったとのこと。きっかけは、野球のドラフト会議だった。会議の結果が気に入らなかったらしく、酔った勢いでいきなりさゆりさんのことを殴ったそうだ。気に入らないことがあると、自分の女房を殴って憂さ晴らしをする、その癖が出たようだ。

「娘さんからの通報で出動し、旦那さんの方は、現在も署内で事情聴取中です」

「このままマンションに留まるのは怖いとおっしゃいまして。聞くと実家が近いとのことだったので、緊急対応でお連れしました」


家の中では、興奮したさゆりさんや孫たちが、ソファーから身を乗り出すようにして思い思いに発言し、警察官がその後の経過を補足した。その話を総合すると、大体次のようになる。

殴られたさゆりさんが、ベランダに面した和室に逃げ込んだところ、雅夫さんが追いかけてきた。その時に弾みで倒れてきたふすまを、たまたまそばにいた小学二年生のこう君がとっさにつかむ。つかむと同時に、母親の上にかぶせ、襲い掛かろうとする父親を阻止。

雅夫さんがひるんだ隙に外に逃げ出したさゆりさんが、運良く上着のポケットに入れていたスマートフォンで警察に通報。程なくパトカーが、サイレンの音もけたたましく、マンションの前にやって来る。部屋の中に入った警察官により、その場で簡単な事情聴取が行われ、パトカーに全員が乗せられて警察署に直行。警察署では子どもたちも含め、一人一人が別々の部屋に入れられ、事情聴取を受ける。その結果、雅夫さんだけを警察署に残し、さゆりさんたちはパトカーで実家に運ばれてきた、という訳だ。

警察官が帰った後、三人はきみ子さんの家の二階和室で仮眠を取った。

きみ子さんはと言うと、雅夫さんが警察に足止めされている時間を利用して、自転車でさゆりさんたちが住んでいるマンションへと駆け付けた。空に星の瞬く深夜の住宅街を走りに走り、二人の孫のランドセルと教科書を持ち帰るという早わざを演じたのだった。リビングルームに持ち帰ったばかりの荷物を置き、ソファーの上で数時間うたた寝すると、もう朝だった。

こういう非常時に何とも奇妙な気がするが、きみ子さんは六時半になると二人の孫を起こして、普通に朝御飯、と言っても買い置きのパンだけだが、を食べさせ、電車で一駅の所にある小学校へと送って行った。別れ際には、学校が終わったらきみ子さんの家に来るよう言い聞かせて、電車代を渡したのだった。

それから二日後の昼間、警察のワゴン車が、きみ子さんの家の前に横付けされた。運んできたのは、亭主の留守を狙って運び出されたさゆりさんたちの荷物である。突然のことで、抵抗する余裕もなく、何が何だか分からない内に荷物が運び込まれていった。

真っ昼間に、何人もの制服姿の警察官が大量の荷物を運び込む様子は、さすがに目立つ。きみ子さんの家は、閑静な住宅街の袋小路の奥にあり、車が止まっていても通行の邪魔にはならないが、真向かいの家のリビングルームが、道路を挟んできみ子さんの家の玄関と向かい合っているので、ガラス窓越しにこちらの様子が丸見えだ。あちらからすれば、只事とは思えないだろう。小一時間かけて、警察官たちが荷物を二階に運び上げ、たちまちの内に二階和室は、乱雑に積み上げられた荷物で、ジャングル状態になってしまった。贅沢な時代に育った今時の子は、実家に身を寄せる場合も、着の身着のままと言う訳にはいかないらしい。

こうしてしばらくの間、実家であるきみ子さんの家の二階に住み着いた三人だが、六畳一間に三十代半ばの大人と当時小学六年生の女の子、二年生の男の子が住むのはさすがに無理がある。和室は三人の荷物で足の踏み場もない有様で、洋服だけでもうんざりするような枚数だ。

きみ子さんは、毎朝この二階和室の中を横切り、ベランダに洗濯物を干すのが二十年以上前からの日課だった。ところが娘と孫たちが住み着くようになってからは、ベランダまでたどり着くのも大仕事になった。洗濯物は五人分。その大荷物を入れたカゴを抱えてヨタヨタ進む訳だが、ゴロゴロ寝ている三人を踏みつけないように細心の注意を払っても、わずかな隙間にまで荷物が積み重ねてある。足を取られて何度転びそうになったことか。出戻り娘が子連れで実家に戻るという話は時々耳にするが、受け入れる実家も大変だ。

中学受験を目指していたゆきちゃんは、こういう悲惨な環境で、よく耐えられたものだと思う。受験など諦めるのが普通だろう。だがゆきちゃんは強かった。何度も不合格を繰り返した後で、最後の最後に何とか都内の私立の中高一貫校に滑り込んだのだが、きみ子さんに言わせると、奇跡以外の何物でもなかった。感動したきみ子さんは、ゆきちゃんの努力と苦労に報いるために、出来る限りの支援を申し出たのだった。

嵐のような日々が通り過ぎ、二〇一七年の三月になった。さゆりさんは、さすがに狭くて限界だと思ったのか、ゆきちゃんの小学校卒業に合わせて、隣の駅から歩いて十分程の所にある古い賃貸マンションへと、親子三人で移って行った。彼女たちの転居先は、狭いが一応三部屋あり、三人が一部屋ずつ確保出来た。本音を言うと、さゆりさんは過去と決別するために、もっと遠くに引っ越ししたかったのだが、こう君が転校を嫌がったので、やむを得ずここで妥協したのだった。こう君の通っていた小学校は線路を挟んだ駅の反対側で、隣の学区域になってしまったが、教育委員会に申請して区域外通学が認められた。

その翌年、ゆきちゃんが中学一年生の三学期になった頃、さゆりさんは片道一時間半かけて通勤していた会社から転職した。往復三時間は、母子家庭にはきつすぎたのだろう。だが三十代半ばで転職先を探し始めた頃は不安だらけで、きみ子さんもかなり心配した。しかし大学時代に栄養士の免許を取得していたのが幸いし、医療機関を中心に転職活動に励んだ結果、地元の総合病院への転職に成功したのだった。採用面接では、大学卒業以来ずっと同じ会社に勤め続けていたことが、退職と採用の繰り返しで事務の煩わしさにうんざりしていた病院事務長に評価されたようだった。こういう些細な事が意外と役に立つこともあるのだと、きみ子さんは実感した。新しい仕事は入院患者を対象としているため、土日祝日も区別が無く、決して楽ではなかったが、きみ子さんはホッと胸をなで下ろした。

三　次女まゆみさんの事情

　きみ子さんの次女まゆみさんは、姉のさゆりさんが第二子を出産したその年に、猛勉強の末医師免許を取得、研修医時代に大学の同級生の大介君と結婚した。長女に比べれば順調な人生を歩んでいるかに見えたが、まゆみさんが選んだこの職業が、後にきみ子さんの苦労の元となった。

　当時のまゆみさんたちが置かれていた状況だが、医師国家試験合格後の最初の二年間は、幅広くいろいろな科を回る初期研修があった。まゆみさんたちの少し前までは研修医は無収入で、生活費を稼ぐためにバイトに励む者もいた。その結果、研修に身が入らず、必要な技能が身に付かないという問題が発生していた。そこで国が対策に乗り出し、初期研修期間中は最低賃金くらいが支給される代わりに、医師としてのアルバイトは禁止された。

　しかし自分の専門分野を学ぶ後期研修に入ると、状況は一変した。少なくとも当時の大学病院では、修業の名の下に、無給に無休と言っても言い過ぎではないような有様だった。

仕方なく大学が紹介する中小の病院や診療所でアルバイトをして食いつなぐことになる。幸いと言っていいのか分からないが、仕事に追われて滅多に家に帰れないため、生活費の支出も少なくて済み、普通は何とかなっている。ところがまゆみさんの場合は、大介君が学者志望で大学院にも籍を置いていたので、少し状況が違っていた。大学病院で苛酷に働いているのに、報酬をもらうどころか逆に多額の授業料を納めなければならないという、医療関係者にとっては常識だが、きみ子さんのような一般人にとっては不可解な状況に置かれていた。しかも彼がアルバイトで稼いでくる収入のほとんどは、学資に加え国内外の学会への参加費用に消えてしまう。彼の親から多少の援助はあったが、家計を支えていたのはまゆみさんのアルバイト収入だった。きみ子さんから見ると何だかヒモっぽかったが、こういうのを医学の未来への投資と言うのだろう。そこにハネムーンベビーの誕生という、一大事件が起きたのである。

ある日のこと、いつもの通り仕事を終えたまゆみさんは、学生時代からの友だちと一緒に大学病院の門を出て、駅方向へと歩いていた。丁度お腹が空く時間だった。いつもの習慣で友だちが言った。

「お腹空いたね。駅前のお店で何か食べようよ」

まゆみさんは、深い考えもなくこぼした。

「最近食欲が無くて。何食べても美味しくないんだよね。どうしたのかな。何か変だよね。今までこんなこと無かったのに」

立ち止まった友だちが、まゆみさんの顔をまじまじと見る。

「ねぇ、それってもしかしたら妊娠じゃないの？」

「えっ」


その頃のきみ子さんはまだ公務員で、新規施設立ち上げの責任者の立場にあり、多忙な日々を送っていた。その日も予算書や図面の確認作業を行った後、自席で職員からの報告を受けているところだった。そんな忙しい最中に、まゆみさんから電話がかかってきた。きみ子さんが窓際に移動して電話に出ると、まゆみさんがいきなり言った。

「さっき友だちに言われてね、ドラッグストアで妊娠検査薬を買ってみたの。家に帰って検査したら、妊娠してた。どうしよう」

長女の方もかなりのものだったが、次女も次女だ。親の顔を見てみたい、というのはこういう時に使う言葉だと思うが、その親がきみ子さん自身なのだから、どうしようもなかった。

　こうして突如、周囲を巻き込んでのドタバタ騒ぎが勃発した訳だが、それから出産に至るまでの間に社会的大事件が起きた。

　二〇一一年三月十一日、まゆみさんが妊娠七か月の時である。その日きみ子さんは、自分の母親の介護保険の手続きのために、午後から休暇を取って埼玉県の市役所に向かった。母が入所している施設は最寄り駅から市役所とは反対側にあり、少し離れていた。そこで、施設に顔を出した後、市役所に向かうためにタクシーを呼ぶことにした。

　タクシー会社に電話しながら、施設ロビーの壁にある時計に目をやると、丁度二時半だった。タクシーは五分ほどでやって来た。タクシーに乗り込み、午後二時四十五分頃に到着して、市役所の玄関を入ろうとしたその時だった。急に大きな揺れが来た。足元のコンクリートが斜めになったかと思うくらいの揺れだった。きみ子さんはそのままコンクリートの階段に座り込んだ。しばらくすると、再び大きな揺れが襲ってきた。きみ子さんは床に手をついて、地面に振り落とされないように力を入れた。それから何分くらい経っただろう。市役所の職員が次々と外に出てきて、何やら叫びながら誘導を始めた。きみ子さんは立ち上がり、玄関脇の手すりにつかまりながら、やっとのことで庁舎の中に入った。庁内は薄暗く、入ってすぐの吹き抜けのホールにいくつもの長椅子が並んでいた。きみ子さんは入口近くの長椅子にしばらく座っていたが、何が何だか分からず、頭が混乱するばかりだった。一時間以上過ぎただろうか、職員がホールに置かれたテレビをつけた。仙台と表示された画面の中で、建物が倒壊している様子が見えた。周りにいた人々が、息を飲みながら次々と映し出される街の様子に見入っていた。震源地は東北地方のようだった。

体の力が抜けてしまったきみ子さんだったが、外は段々薄暗くなっていく。このままこの場に座っていても仕方がない。取り敢えず帰ろうと最寄りの駅まで二十分ほどかけて歩き、改札口に通じる階段を上って行くと、駅の構内では、運転中止のアナウンスが流れていた。近くにいた駅員に聞くと、再開の目途は立っていないという。見ると改札口は開放されていて、自由に出入りすることが出来た。どうしたらいいのか分からなかったきみ子さんはホームに下りると、茫然としてベンチに腰掛けた。ふと見上げると西の空は夕焼けで、赤く染まった雲が何とも不気味に見えた。家族に電話しようとしたが、携帯電話がつながらない。階段の途中から見上げると、改札口の脇にある公衆電話は長蛇の列だった。

やがて辺りはすっかり暗くなった。改札口周辺から駅員の姿は消えていた。きみ子さんは再び改札口を通り抜け、市役所方面につながる階段を下りた。目の前には駅前商店街が広がっていたが、電車が止まっているせいで仕事帰りの客の姿は無く、不気味なくらい静まり返っていた。

駅前のラーメン屋で腹ごしらえをした後、行き場がないきみ子さんは、情報収集のために、再び薄暗くなった駅のホームへと戻ってみた。しばらくすると、市役所の職員だろうか、拡声器を持った数人の男性がホームに降りてきて、避難所への誘導を始めた。こうしてきみ子さんは生まれて初めて、避難所で夜を明かすことになった。そこは市役所の裏手にある、市営の体育館だった。

「お隣、お邪魔していいですか？」

「どうぞ」

きみ子さんは壁際のスペースを確保すると、配られた毛布にくるまって、そのまま壁にもたれ掛かるようにして目をつぶった。しばらくして薄目を開けると、床に芋虫のように丸まって横になる人たちの姿が目に入った。きみ子さんも疲れていたが、こういう場所で寝泊まりするのは初めてで、体を横たえる勇気も無く、寝付けなかった。体育館の薄灯りの中で、しびれた足を曲げたり伸ばしたりしていると、あちこちから咳き込むような音が聞こえてきた。

朝になった。いつの間にか体育館の中はすっかり明るくなっていた。きみ子さんは館内放送の声で、浅い眠りから目覚めた。

「本日三月十二日、始発から電車が運行されます。お支度の出来た方から順に、駅に移動してください」

こうしてきみ子さんは、二十分程の距離を歩いて駅へと戻り、始発電車に乗って無事に家に帰り着いた。

ところが、一難去ってまた一難だった。疲れた足を引きずってようやく家にたどり着き、玄関の中に一歩足を踏み入れた丁度その時に、まるで待っていたかのように電話が鳴った。

「おはようございます。土曜日で休みのところ申し訳ないけど、至急職場に来てもらえますか。明日から始まる住民説明会をどうするか、対応を協議しなければならないので」

上司からだった。きみ子さんが避難所で一晩明かしたことなど、想像すらしていないようだった。やっとのことで帰宅したばかりなのに、一休みすることも許されないのか。きみ子さんは悲しくなったが、職業柄やむを得なかった。まだ動いている電車の本数は少なかったが、乗り継いで急ぎ職場に向かった。

庁舎の通用口から中に入り、階段を上って事務室に入ると、隣の部署の職員が数人、既に出勤していた。職場沿線の鉄道は、昨晩もすぐには止まらなかったらしく、多くの職員は終業時間とほぼ同時に帰宅したと、この時初めて知った。避難所で一晩過ごしたのは、きみ子さんだけのようだった。

「こんな状態では、住民説明会なんてとても無理でしょ」

「問題は、どうやって中止を周知するかだよね」

「でも、当日会場受付にしちゃったから、誰が来るか分からないよね」

結局その日の打ち合わせの結果、予定されていた住民説明会は全て中止になった。翌日からは、きみ子さんたち職員は住民対応に追われることになった。休日や夜間も、市内十数か所で予定されていた住民説明会の会場に出向き、中止を知らずに集まってきた住民に、事情を説明して引き取ってもらった。やって来る住民はわずかだったが、その数人のために寒空の下で震えながら立ち続ける日々が続いた。昼間は昼間で、関係機関との調整や、書類作成に追われた。

今から考えると、この頃からきみ子さんは早期退職へと心が傾いていったように思う。仕事はやりがいがあるが、これから益々忙しくなるであろう孫の世話のことを考えると、もうそろそろいいかな、と思い始めていたのだ。

こうしてきみ子さんが仕事に追われている頃、まゆみさんの方はと言うと、出産を三か月後に控え、十分な栄養を摂らなければならない時期だった。しかし産地から届かなくなったのだろうか、突然店頭から牛乳とお米を中心に、多くの食料品が消えてしまった。彼女は最近の若者によくあるように、その日に食べる物はその日に調達することが多く、買いだめの習慣が無かったため、自宅の冷蔵庫は空っぽだった。運の悪いことにお米も切らしている。食欲旺盛な時期なのに、いきなり食糧難に直面してしまった。

まさに一大事だった。身重のまゆみさんを気遣い、きみ子さんは休日を利用して、あちこちのスーパーを自転車で梯子したが、やはり牛乳とお米は手に入らなかった。途方に暮れていたところ、自宅の電話が鳴った。

「もしもしきみちゃん、僕だけど、そっちは無事？」

心配して電話をくれたのは、香川県に住む従弟の武君だった。彼とは小学生の頃、毎年夏休みになるとお互いの家に泊まり合い、特別に仲が良かった。そして運のいいことに彼の実家は、代々続くお米屋だった。

「お米だったら売るほどあるよ」

　武君は冗談めかして言うと、店に並んでいるお米を、まゆみさんのために送ってくれると言う。きみ子さんには、武君が神様のように思えた。

　こうして香川県から送られてきたお米で食いつなぎ、まゆみさんはその年の六月に、何とか無事に女の子を出産することが出来たのだった。

　その頃には世の中も少し落ち着きを取り戻しており、退院後しばらくの間は平和な日々が続いた。しかしまゆみさんは、後期研修医という職場での立場と家庭の経済的事情があり、育児休暇を半年ほどで切り上げて、赤ちゃんと大学院生である亭主を養うために、仕事に復帰した。そしてその数か月後、きみ子さんも長く続けていた仕事に、区切りをつけたのだった。

　まゆみさんの様子がおかしくなったのは、丁度その頃からだった。

　新米医師の仕事と慣れない育児、加えて家事もあり、相当な負担だったと思う。一方で夫の協力を求めようにも、救急医療の現場にいる彼は、患者が生きるか死ぬかの仕事に追われ、それどころではない。加えて当直も多く、当直から続けて日勤になることもあって、いつ帰ってくるのかさっぱり分からない。職業柄やむを得ないとは思っても、きみ子さんはまゆみさんを見ている内に、だんだん不安になってきた。

ある日の夕方、きみ子さんはやっとお座りが出来るようになったまゆみさんの娘、あゆみちゃんを保育園に迎えに行き、おんぶして彼女たちのマンションへと帰ってきた。

しばらくすると、まゆみさんが帰宅。珍しく早いが、その顔を見ると青白く、疲労困憊している様子が見て取れた。どうしようか。しかしまゆみさんは「後は大丈夫」と言っている。きみ子さんは、無理やり居座るのも気が引けて、久しぶりに早めに自宅に戻ることにした。床に疲れた様子でペタッと座り込むまゆみさんと、その前に座るあゆみちゃん。ちょっと気になる様子ではあった。

きみ子さんは玄関のドアに自分で鍵を掛けて、長い外廊下を歩いて行った。だがエレベーターホールの近くまで行ったところで忘れ物に気付き、再び長い廊下を歩いて玄関ドアの前に戻った。すると、部屋の中からまゆみさんの泣き声と、子どもを叩く音が聞こえてきた。きみ子さんが慌てて鍵を開けて駆け込むと、リビングの床に座り込んだまゆみさんの顔は涙でぐしゃぐしゃだった。

「どうしたの？」

「何でも無い」

「何でも無いことないでしょ」

「……もうダメ。私、無理」

　結局その日は、まゆみさんが落ち着くまで、そばにいることにした。まゆみさんは完全に頭が混乱していて、赤ん坊と二人きりにすると、何をするか分からない。きみ子さんの不安が的中したのだった。

　最近は、育児ノイローゼの母親による赤ちゃんへの暴力、というニュースを目にすることが多くなった。とんでもない母親と、非難する人もいるだろう。だが、多くの母親はそこまでひどくなくても、泣き続ける赤ちゃんを前にしてつい手を上げそうになり、はっと我に返った経験が、一度や二度はあるのではなかろうか。きみ子さんだって、そうだった。母親は皆、紙一重のところで耐えているのだ。

　それからしばらくの間、きみ子さんは考え続けた。このままでは次女と赤ちゃんの二人が危ない。どうしたらこの危機を回避出来るのか。

　そして数日が過ぎた。

　その日は朝から雨が降っていた。珍しくどこにも出掛ける予定が無く暇だったきみ子さんは、前から手付かずだった孫たちの写真を整理することにした。パソコンには大量の写真が保存してある。一つ一つクリックして見るだけでも大変だ。

長女のところのゆきちゃんが生まれた時の写真から順番に、三十分くらい見たところで、一休み。ミルクをたっぷり入れた、砂糖抜きの苦いコーヒーをすすり、再びパソコンの前に座る。さっきの続きから、更にいくつかのフォルダーを開いていくと、ゆきちゃんの弟のこう君がまだハイハイしていた頃の写真が大量に出てきた。今の生意気な姿からは想像出来ないくらい可愛い。あの子にもこんなに可愛い頃があったのか、きみ子さんが思わず微笑んでいると、大量の風船と戯れている一枚の写真に目が留まった。どこだったか思い出せないのだが、それは大きなショッピングセンターの中の子どもの遊び場のようなところの一角で、柵に囲まれた中で沢山の風船と一緒に転げ回る、幼い子どもたちが写っていた。こう君は風船に埋もれた状態で、必死にハイハイしていたが、その笑顔は弾けるようだった。

そうだ。きみ子さんはその写真を見ている内に、一つのアイディアを思いついた。それが後に、きみ子さんたちの間で風船大作戦と呼ばれるようになる、育児ノイローゼ解消のための作戦だった。

数日後、きみ子さんは朝から自転車に乗り、隣の駅の北口にあるショッピングセンターへと向かった。開店直後だったが、駐輪場には既に沢山の自転車が止まっていた。低めのラックは既に満杯で、きみ子さんはやむを得ず高いラックの方に力一杯自転車を押し込んで、駐輪場の数メートル先の建物脇の入口から中に入った。総菜売り場を左手に見ながら、催事場も通り抜けて、建物中央のエスカレーターで三階まで上がった。エスカレーターから降りると、すぐ目の前にはおもちゃ売り場があった。きみ子さんは慣れたもので、迷うことなく少し奥の右から三番目の棚へと直行した。きみ子さんのお目当ては、ゴム風船と、それを膨らませるためのピストン式の空気入れだった。備え付けのカゴに手当たり次第にいろいろな形や大きさの風船を投げ込むと、レジに向かった。

こうしてきみ子さんは、買い込んだ大量のゴム風船と空気入れを自転車のカゴに入れ、いつものように「電車の見える公園」の黄色い芋虫を横目で見ながら、まゆみさんのマンションへとやって来た。そして玄関の鍵を開け、リビングルームに入ると、ドカッと床の上に腰を下ろし、次々と買ってきたばかりの風船を膨らませていった。丸い風船もあれば、細長い風船もある。次から次へと膨らませていくと、やがてカラフルな風船が部屋の中を占拠して、ふわふわと揺れ、遊園地のような楽しい雰囲気になった。後はあゆみちゃんを保育園に迎えに行くだけだ。

その日の夕方。帰ってきたまゆみさんは、風船と戯れて遊ぶあゆみちゃんを見て驚いた。

「どうしたの、これ」

きみ子さんは笑いながら振り返った。あゆみちゃんの笑顔に引き寄せられたのか、まゆみさんも床の上にペタッと座る。あゆみちゃんに風船を手渡されて、一緒になって遊び始めたまゆみさんに、きみ子さんは言った。

「もし辛いことがあって、あゆみちゃんをポカッとやりたくなったら、この風船を投げるといいよ。細長いのもあるから、それでポンポン叩くっていう手もあるし。風船だから痛くないし、怪我もしないから。赤ちゃんは、カラフルな風船が次々飛んできて、わぁーきれい、って思うだけだからね」

そう言いながら風船をポンポン投げつけると、あゆみちゃんはキャッキャ、キャッキャと大きな声を上げてはしゃぎ回った。まゆみさんはその様子をじっと見詰めていたが、何かを感じたようだった。


そんなまゆみさんだったが、二年も経つ頃には生活も落ち着き、若手医師として大学の医局に籍を置きながら、研鑽を積む日々を送っていた。二人目の妊娠に気付いたのは、丁度その頃のことだった。

上の子の時もそうだったが、まゆみさんは自分が勤務する病院の顔見知りの医師に診察してもらうのを嫌い、同じ沿線にある都立病院の産婦人科に通院するようになった。

経過は順調で、夏前になると赤ちゃんは元気にお腹を蹴るようになっていた。そんなある日のことだった。まゆみさんはいつものように半日仕事を休んで、朝から妊婦検診へと出掛けて行った。

「おはようございます。随分大きくなりましたね。どうです、赤ちゃんはよく動いていますか？」

主治医は同じ大学出身の十年程先輩で、彼女の仕事のこともよく分かっていて、いろいろと親切にしてくれていた。

「はい、おかげさまで。初産の時よりも体調が良くて、順調みたいです」

「どれどれ、超音波で赤ちゃんの様子を見ましょうね。……元気に育っていますね。これならば安心だ」

「ありがとうございます」

いつものように、決まり文句をしゃべり終わったその時だった。一通りの検査が終わり、起き上がろうとしたまゆみさんの横でモニターを覗いていた主治医が、突然彼女の肩を押さえてそのまま横になっているように指示した。

「動かないで。ちょっとそのままで」と言ったきり、じっとモニターを凝視し始めた。

「これ、ここのところ、もしかしたら腫瘍かもしれない。精密検査をしましょう」

検査慣れして気軽な気持ちで来ていたまゆみさんは、一瞬焦った。恐る恐るモニターに視線を注いでみると、何やら怪しい影が見える。新米とは言え、ある程度は超音波検査の読影の知識があるので、それが何かは、おおよその見当が付いた。

彼女は子宮頸がんだった。きみ子さんに電話で報告があったのは、それから数日後のことだった。幸いステージ一にもならない段階の早期発見だった。まゆみさんは三十歳になったばかりでまだ若かったため、子宮がん検診を受けていなかった。また、たとえ検診を受けていたとしても、初期の初期なので、見逃されていた可能性もあった。いずれにせよこのまま放っていたら、若いので多分進行も速く、気付いた時には手遅れで、命を落としていたかもしれなかった。

不幸中の幸いとは、こういうことを言うのだろう。妊婦検診が無ければ、まゆみさんの命はどうなっていたか分からない。

二〇一四年の秋が深まる頃、まゆみさんは帝王切開で二人目の子どもを出産した。元気な女の子だった。その日の夕方、対面の為に父方の祖父母に連れられてやって来たあゆみちゃんは、新生児室のガラスに顔を押し付けて、赤ちゃんの姿をじっと見詰めていた。その赤ちゃんは「くるみ」と名付けられた。

それから更に数か月が経過し、まゆみさんの体調が落ち着いた頃、彼女は自分自身のがん摘出のために、お産をした病院に再入院した。

その病院の手術室は建物の二階にあり、手術室前の廊下は一面が大きなガラス窓になっていた。まぶしいくらいの太陽の光が降り注ぎ、一人待機するきみ子さんには明る過ぎて、逆に落ち着かなかった。待っている時間はとても長く感じたが、無事にがんの切除手術は成功した。

そしてやって来た退院の日、孫たちの世話を自分の夫の満夫さんに押し付けて、きみ子さんは病院にまゆみさんを迎えに行った。病室に入ると、既に会計を済ませたまゆみさんが、ベッドの上にちょこんと座って待っていた。

「主治医の先生は何だって？」

「あとは経過観察に通えばいいって」

「取り敢えず一安心ね。それにしても妊婦検診で発見されるなんて、運がいいわね。くるみちゃんは、あなたの命の恩人ね」

「うん、あの子には本当に感謝しているよ」

きみ子さんはまゆみさんのボストンバッグを抱え、病院前の車寄せから、彼女と一緒にタクシーに乗り込んだ。だが向かう先は赤ちゃんが待つ家では無かった。

「渋谷に向かってください。ここの住所にあるクリニックまでお願いします」

「病院を退院したばかりなのに、また病院に行くんですか？」

運転手が怪訝な顔をして聞いてきた。

「さっきまでは自分が患者で、これから先は診察する側なので」

まゆみさんは涼しい顔をして言った。休み無しとは、多分こういうことを言うのだろう。

その頃まゆみさんは、外勤先のクリニックで、乳がん検診を担当していた。胸の触診は女医を希望する人が多く、予約は数か月先まで一杯だったが、代理の女医など簡単に見つけられるものではなく、これ以上長く休むことは難しかったのだ。きみ子さんは、いくらな

んでも退院の当日くらいは休ませてあげたかったのだが、自分自身もがん治療を専門にする彼女は、

「私が検診を先延ばしすることで、手遅れになる人がいたら、それはそれで後悔するから」と言って聞かなかった。まゆみさんはタクシーから降りると、バッグ一つ持って振り向きもせず、ビルの中へと吸い込まれて行った。きみ子さんはその背中を見送ると、今度は運転手に自分の自宅住所を告げて、孫たちが夫と共に待つ家へと急いだ。途中タクシーで通り過ぎた「電車の見える公園」は、昼前の人通りが少ない時間ということもあって人の姿は無く、枯れ葉が寂しく舞うばかりだった。

四　老母きみ子さんの事情

一億総活躍社会などと政府は言うが、現実はそう甘いものではない。頼れる親が近くにいない人たちは、いったいどうしているのだろう。どうにもならないその結果が、今の少子化問題の一因になっているのかもしれない。現在のきみ子さんは祖母の立場で孫を四人も抱え、四苦八苦しているが、現役で仕事をしながら子育てをする親の苦労は、比較にならないくらい大変なはずだ。かつてのきみ子さんがそうだった。今となっては記憶も定かではないが、あの頃のきみ子さんは、どうやって仕事と子育てを両立させていたのだろう。

その日もきみ子さんはいつものように、入院患者への対応で遅くなるまゆみさんのマンションへと自転車を走らせていた。到着するとキッチンに直行して、まずお米を洗って炊飯器にセット。自宅から持ってきたおかず三品をそれぞれ大皿に移してラップをかける。それから洗濯機の中で乾燥してしわしわに丸まっている洗濯物を、両手でピンピンと伸ばしながら畳み、クローゼットにしまう。時計を見ると午後六時少し前。二人の孫を保育園と学童クラブに迎えに行く時間だ。

いつもの通り保育園入口のインターホンを押し、中に入ろうとすると、くるみちゃんの友だちのママから声を掛けられた。職場から直行したのだろう、ビジネススーツ姿だった。

「くるみちゃんは、今日もおばあちゃんがお迎えですか。うらやましい。私なんか実家は遠いし、誰も助けてくれる人がいないから」

彼女はそう言うと、疲れた様子で羨ましそうにじっとこちらを見ている。その言葉を聞いて、きみ子さんは思わず言った。

「私もね、昔は仕事と子育ての両立ですごく苦労したのよ。当時、共働きの家庭は珍しかったしね。その時の苦労が並大抵ではなかったから、こうして娘たちを手伝うことにしたの。私自身は、もう外で働くのはいいかな、って思って」

その通りだった。あの頃のきみ子さんは、本当に疲れ切っていた。そしてその時、きみ子さんの脳裏には、三十年以上前の情景が色鮮やかに浮かんできたのだった。

きみ子さんが子育てをしていた一九八〇年代は、自営業ならいざ知らず、子持ちで仕事を続ける人は本当に少なかった。きみ子さんはその数少ない女性の一人で、フルタイムで働いていた。きみ子さんのような事務職は育児休暇も無い時代で、娘は二人とも産休明けの首も据わらない時から、人に預けて育てるしかなかった。

娘が病気で仕事も休めない時など、どうにもならない時は実家の母に頼んだが、実家までは片道一時間以上かかり、母自身も自営業を営んでいたので、頻繁に応援を頼む訳にはいかなかった。そのため、いつも時間に追われていて、今思えば毎日が綱渡り状態だった。それでもきみ子さんの実家は頑張れば行ける距離だったので、遠い地方出身の人たちに比べれば恵まれている方だった。

きみ子さんは大学を卒業後、東京都内の市役所に就職した。就職活動は民間企業を避けて、公務員一筋だった。理由は簡単だ。結婚しても仕事を続けたかったからだ。

きみ子さんは、学生時代には既に結婚を考えている男性がいた。だが当時の民間企業では、寿退社が常識だった。それでは折角就職してもすぐに退職することになり、意味が無いと思ったのだ。

当時の考えでは、ここで就職せずに、初めから専業主婦になる手もあったのだが、それだけは嫌だった。きみ子さんを大学に進学させるために、親戚に頭を下げて、入学金を工面してくれた母。その母にそれ以上苦労をかけたくなくて、家庭教師や塾の先生のアルバイトを掛け持ちしながら、授業料を自分で稼いだ日々。一度も社会経験することなく家庭に入ったのでは、それらが全て無駄になってしまう。

一方で、職を転々とする父に苦労させられてきた母からは、よく言われていた。

「仕事を辞めたらだめよ。人生にはどんなことが起きるか分からないのだから。結婚したって、相手が病気で倒れることもあるのよ」

母の実家は、地方の片田舎で戦前から商売をしており、母は幼い頃から家業を手伝うのが当たり前の環境で育っていた。そのため、女性が働くことに抵抗感を持っていなかったのだ。そういう母に育てられたきみ子さんも、仕事はずっと続けたいと思っていた。とは言っても、今どきのバリキャリと呼ばれる女性たちと同じように、バリバリ働く意欲満々だったかと言うと、それもまたちょっと違っていた。正直に言うと、就職からしばらくしていざ結婚となった時には、このまま仕事を続けていいものかどうか、少しばかり迷い始めていた。婚約者の満夫さんは年上で、既に安定した職に就いていたからだ。

新入職員の研修が終わってしばらく経ち、ようやく職場に慣れてきた、夏も近いある日のことだった。きみ子さんはいつまでも隠しておくことは出来ないと思い、窓際に座っていた課長に歩み寄った。

「実は今年の十月に結婚することになりました」

課長はこの突然の発言に驚き、しばらくの間、ピクリとも動かなかった。

「えっ、そうですか。分かりました」

あっさりとした物言いに、拍子抜けしたきみ子さんが、席に戻って仕事をしていると、じっときみ子さんを見つめる課長の視線があった。そして昼休み。課長が、

「ちょっと」と声を掛けてきた。急いで課長席まで行くと、課長はさも当然といった顔をして言った。

「さっきはごめんなさい。びっくりし過ぎてしまってね。念のために言っておくけど、退職願は出来るだけ早めに出してくださいね」

きみ子さんは、まだ大学を卒業して数か月しか経っておらず、青臭さが抜けていなかったので、この言葉を聞いた時のショックは大きかった。公務員ならば仕事を続けられると思っていたが、世間で言われていることと違うではないか。

今でもガラスの天井という言葉があるが、その当時はガラスではなく、はっきり見える

コンクリートの分厚い天井だった。何でこんなことを言われなきゃいけないの、冗談じゃないよ。そんな心境だった。

だが、頭ごなしに退職と決めつけられ、口惜しい思いをしたことで、結婚退職はきみ子さんの選択肢から完全に消え失せたのだった。勿論当時のことだから、周囲のきみ子さんを見る目は冷たかった。だが男女平等の学生気分が未だ抜けない上に、意地になっていたきみ子さんは、負ける訳にはいかなかった。

こうして主婦業と仕事の両立を決めたきみ子さんだったが、次のハードルが待っていた。満夫さんとの新婚旅行から帰って数か月後、きみ子さんは妊娠しているのに気が付いた。こういう時、ベテラン職員ならば職場の貴重な戦力なので、やり方次第では味方を見付けることも出来るだろう。だがきみ子さんはまだ新米職員で、先輩に教えを乞う立場だ。職場から必要とされていないし、大きな顔も出来ない。さてどうするか。

今から考えると、きみ子さんは職場にとって迷惑この上ない存在だったに違いない。当然、周囲の目は、結婚した時よりも更に厳しくなった。当時は結婚退職しない女性は珍しかったが、残ったわずかな女性も、出産を機に職場を去る者が圧倒的だった。

さすがにこの時は、退職すべきかどうか、大いに迷った。だが結局、仕事は辞めなかった。どうしてだろう。今から考えると不思議だが、その時にたまたま配属されていた職場が、教育委員会だったのが良かったような気がする。仕事で教職員と話す機会が多かったのだ。学校の先生は、出産後も仕事を続ける人が多く、制度的にも母性保護は手厚かった。親しくなった中学校の保健体育の女性教師と話していると、産休後の仕事復帰は話題になったが、退職うんぬんの話は出たことが無かった。そのおかげで自然に、仕事を続けようという元気が出てきたのだった。

だが一方で、自分自身の職場環境は劣悪だった。今では考えられないかもしれないが、当時の職場は、多くの会社がそうだったように、仕事をしながらたばこを吸うのが当たり前だった。たばこの煙は妊婦には辛く、胎児にも悪影響がある。その頃にはもう、保健所の母親学級で配られるパンフレットにも、たばこの害が書かれていたはずだ。しかしそんなことにはお構いなく、あっちからもこっちからも、煙が流れてきた。息苦しくて抗議すると、

「このくらい我慢出来なければ、仕事は務まらないよ」と逆に説教され、煙をフッと吹きかけられたこともあった。もし自分の奥さんが同じ目にあったら、この人たちはどうするつもりなのだろう。

だがきみ子さんも負けてはいない。やがてこの煙害から身を守るために、うちわで反撃することを思い付いた。使うのは、夫が職場旅行のお土産に買ってきた、温泉地の絵入りの特大うちわだ。それを机の上に並ぶファイルの間に差し込み、取っ手は手前に、すぐにつかめるように準備した。

暫くするといつものように、雑談をしながらフーッと口から吐き出される煙。すかさずきみ子さんは、うちわを抜いてたばこの煙を扇ぎ返す。

「ゴホッ、ゴホッ。何をするんだ」

相手は自分の出した煙で咳き込んだ。ざまあみろだ。こんなことをしても自分自身の体への害を防ぐことは出来なかったかもしれないが、一矢報いた気分で、多少は気が晴れた。

こうして就職二年目の夏の終わりに、きみ子さんはやっとのことで産休に入り、出産へとこぎ着けた。だが当時は、育児休暇が教師と医療従事者の一部にしか認められていなかったので、産休のみの産後八週間で職場復帰しなければならなかった。今の人たちは信じられないかもしれないが、多分その当時は、子持ちになっても外で働くのは教師と看護師くらいのものとの、世間の思い込みがあったのだろう。また、事務職員ならば仕事もハードでないだろうから、産休さえ与えておけば十分、と思われていたのかもしれない。

だが長女のさゆりさんを産んだ後の、産休だけでの職場復帰は苦難の連続だった。特に困ったのは、母乳の扱いだった。と言っても、母乳を与えることにこだわっていた訳では無い。当時のきみ子さんは、市販のミルクでも十分だと思っていたくらいだ。だが、母乳は産休が終わったからと言って、急には止まらない。きみ子さんは特別母乳の出がよかった訳ではないが、それでも一日に何回も胸がパンパンに張る。ある時忙し過ぎて、長時間絞らず放置してしまったら、両胸が石のように固くなるという最悪の事態を招いてしまった。その時はほぐそうにもほぐれなくなり、最後には強烈な痛みが走り、七転八倒の苦しみだった。聞くと、手術が必要になる人もいるらしい。

そんな時に、携帯用の搾乳機と冷凍用母乳パックが、働く母親の間で秘かに流行っているのを知った。当然すぐに購入した。当時の搾乳機は横に付いているゴム球をピコピコ押しながら使うものと、ピストンタイプがあったが、きみ子さんは断然ピストン派だった。いつも昼休みになると五、六分で昼食を済ませ、急いで更衣室に駆け込んだ。入口ドアに背を向けて体の前が見えないようにし、予め用意しておいた丸椅子に腰かける。後は服の前ボタンを外し、恥ずかしいという気持ちは投げ捨ててシュッシュッと母乳を絞る。母は強し、だ。搾乳機の瓶に母乳が溜まると、専用の滅菌済み母乳パックに注ぎ、上部のチャックを閉めて、給湯室に置いてある冷蔵庫の冷凍室の奥に、こっそり隠す。そして夕方、ガチガチに凍った母乳パックは、保冷バッグに入れられて、自宅へと運ばれるのだった。この冷凍母乳は、実家の母に子守を頼んだり、日曜日に母乳が足りなくなった時に、ぬるま目の湯煎で解凍されて活躍した。

だが冷静に考えてみれば、職場の冷蔵庫は男性も自由に使える。昼休みにアイスクリームなどを取りに来た男性が、何か分からず眺め回していたかもしれない。今から考えると冷や汗が出る。

こんな日々を送っている内に、口コミで噂が広まったのだろう。上のフロアで仕事している子持ちの女性が、搾乳の為にやって来るようになった。一人より二人の方が、やはり心強いのだろう。

この搾乳と冷凍の作業は、働く女性全体に育児休暇が拡大されるまで、細々と受け継がれていった。今では忘れ去られているだろうと思っていたが、病気で子どもと接触出来ない母親たちを中心に行われていることを最近知って、きみ子さんは少しばかり驚いた。

さてこうして、きみ子さんが子育てと仕事で四苦八苦していたその時、夫の満夫さんはどうしていたのか。気になることと思うが、彼はその当時どこにでもいた、毎日夜中まで仕事に精を出す企業戦士だった。休日も呼び出しの電話があると、迷わず職場に駆け付けた。きみ子さんは、自分一人で子どもの世話をするのは大変だったが、当時はこれが普通で、こうした夫に何の疑問も持たなかった。専業主婦でいることを求める夫が多い中で、満夫さんはきみ子さんに仕事を辞めろとは言わず、自由にさせてくれたので、むしろ感謝していたくらいだった。今の若い人たちには、考えられないことかもしれないが。

それから更に二年後には二人目の子どもも生まれた。次女のまゆみさんだ。まゆみさんの産休明けの日は一月で、東京は珍しく大雪だった。外は朝から吹雪だったが、初日から休暇を取ることも出来ず、どうしても出勤しなければならなかった。幸い当時は育児休暇こそ無かったが、子どもが一歳三か月になるまでは時差出勤の制度があり、朝は一時間遅く出勤すれば良かった。

きみ子さんはまだ生まれて八週間しか経たないふにゃふにゃのまゆみさんをバスタオルとおくるみで何重にも包んでから、抱っこベルトを肩に掛けて左手でまゆみさんの体を支えると、右手でよちよち歩きのさゆりさんの手を引きながら、吹雪の中を歩き出した。

目的地は、バス通りを渡り、右方向にしばらく歩いてから、更に小学校の先を曲がった所にあった。雪がまゆみさんの顔に当たらないように、鼻と口以外はタオルで覆っていたが、その小さな顔の口のまわりに雪がパラパラと降り注いだ。歩道の無いバス通りを歩いていたので、幼いさゆりさんの手を離すわけにもいかず、まゆみさんの顔から雪を払ってあげたくても出来なかった。自分自身も寒さで顔が凍り付いたようになり、泣きたくても泣けなかった。この時、訳も分からず必死で母親にしがみついていたさゆりさんは、何を考えていたのだろう。

きみ子さんたちは、四月の保育園入園までまゆみさんをお願いすることになっていた保育ママの家に、やっとの思いでたどり着いた。そしてまゆみさんを預けると、別れを惜しむ間もなく再びさゆりさんの手を引いて、雪に足を取られながらバス通りの先、十分ほど歩いた所にある、さゆりさんの通う保育園へと急いだ。

その時の雪景色を、きみ子さんは生涯忘れることは出来ないだろう。

春になり、まゆみさんも無事保育園に入園した。この頃には、きみ子さんもようやく二人の子持ちの生活に慣れてきた。また保育園に通っていると、当然ながらそこには、どこから集まったのかと思うくらい、当時珍しかった働く母親ばかりいて、心強かった。

ところが世の中には暇というか、お節介な人がいるものだ。ある日きみ子さんが、一人をおんぶし、もう一人の手を引いて保育園から出てくると、穏やかな表情をした、上品な高齢の女性から声を掛けられた。

「大変そうね。お気の毒に」

こちらの顔を覗き込む女性の目は、哀れみに満ちていた。その人は、保育園から子どもを連れて帰るきみ子さんの様子を見て、勝手に生活困窮者だと思い込んだようだった。疲れ切った姿でとぼとぼ歩いていたので、そう思われても仕方ないとは言えるが。

だが哀れみはまだましな方で、中にはお説教をしてくる人もいた。ある日きみ子さんが、いつもより遅く保育園に迎えに行き、子どもたちを連れて遊歩道を足早に歩いていると、突然呼び止められた。

「子どもが可哀想だと思わないの。こんなに小さいのに」

「幼い時は、母親がそばにいてあげないと、まともな人間には育たないわよ」

その当時は、多くの人がそう信じていたのだろう。反論したかったが、その当時の、まだ二十代だったきみ子さんにはその勇気が無かった。またたとえ反論しても、当時の風潮では言い負かされることは明らかだった。

だがそれから三十数年後の平成二十年代、似たような場面に出くわした時のまゆみさんは全く違っていた。

「私の場合、保育園に毎日行くのが当然って思っていたから、別に寂しいとも何とも思わなかったですよ。朝から夕方まで長い時間いるので、友だちとは家族みたいに仲良くなったし、遊びやいたずらもたっぷり出来て、私は保育園で育って良かったと思っています」

またある時は、母親は子どものそばにいるべきと主張する人に正面から向き合い、

「私、生後八週間から預けられて育ったけど、私ってまともな人間に育ってないのかしら」

医師として誰からも一目置かれる存在になっていた彼女に、言葉を返せる者は誰もいなかった。

そして令和の時代になると、子どもを保育園に預けて働く母親が普通になり、こうした批判があったことも忘れられていくのだった。

さて、話は再び昭和に戻る。きみ子さんがいつものように子育てに追われていた、ある日のことだった。その日きみ子さんは、外部の関係機関が主催する会議に、市の担当者として出席することになっていた。会議は朝九時開始なので、職場に寄らず直接出張先に出

向くことにしていた。そのため、会場で配る予定の会議資料も、全て家に持ち帰っていた。

ところがだ、よりによってその日の朝に限って、まだ乳児だったまゆみさんの様子が、何だかいつもと違っていた。だが布団の上で大人しく横になるまゆみさんの体温を測ってみると、ギリギリ何とかなりそうだった。壁の時計に目をやると、会議の時間は刻一刻と迫っている。きみ子さんは急いでベビーカーにまゆみさんを乗せ、さゆりさんをせき立てながら保育園まで足早に歩いた。

「おはようございます」

「おはようございます。お子さんの体調いかがですか」

「いつも通りです」

この大嘘つきと心の中で自分に言い聞かせ、冷や汗をかきながら、担当の保育士に二人の子どもを託すと、くるりっと体の向きを変え、後ろ髪を引かれる思いで保育園を後にした。

電車を乗り継ぎ、ギリギリセーフで会場に到着したところまでは良かった。ところが受付名簿に名前を書いて、廊下の奥の会議室に直行しようとしたところ、受付の人から呼び止められた。

「下のお子さんの熱が高いので迎えに来てください、と保育園から電話がありましたよ」

携帯電話の無い時代だ。保育園はきみ子さんの職場に電話して出張先を教えてもらい、電話してきたに違いなかった。きみ子さんは動揺したが、平静を装って言った。

「会議が終わってから駆け付ければ、大丈夫です」

「いいんですか？」

大丈夫なはずがない。きみ子さんは冷や汗をかいていたが、やむを得ない。会議室に入ると、大急ぎで資料を配った。幸い説明の順番は前から二番目だった。きみ子さんは一通りの説明と質疑応答を済ませると、急用があると頭を下げ、急ぎ会議室を後にした。

きみ子さんが建物の外に出て、周囲を見回すと、何と運がいいのだろう、一台のタクシーが通りかかった。急いで片手を挙げてそのタクシーを拾い、保育園へと一目散に駆け付けたのだった。だが保育園に着いた時には、既に昼近くになっていた。

正面の入口から駆け込み、靴を脱いで長い廊下を小走りに進み、左に曲がるとそこがゼロ歳児の保育室だった。ガラス越しに部屋を覗くと、担任の若い保育士がまゆみさんを抱っこしてあやしていた。きみ子さんがガラス窓をコンコンと叩くと、保育士が振り向いた。

彼女はきみ子さんの姿を認めると、廊下に出てきた。

「ママが来たよ、良かったね。よく頑張ったね」

そう呟くと、きみ子さんにまゆみさんを渡した。きみ子さんは思い切り抱き締め、何度も「ごめんね」を繰り返した。いつもより高めの体温が伝わってきて、胸が締め付けられる思いだった。ふと見ると、保育士も涙ぐんでいた。

子どもたちが保育園に通っていた頃は、思い出すと恥ずかしくて顔から火が出るようなことが一杯あった。背に腹は代えられないとは言え、何と無茶苦茶な母親だったのだろう。よく子どもが無事に育ったものだと、今になってきみ子さんは思う。だが少なくとも、たくましい子どもに育ったことだけは、間違いなさそうだった。

それから五年の月日が流れ、まゆみさんにもようやく保育園を卒園する日がやって来た。ついに迎えた保育園最後の日。きみ子さんはいつものように年長児の部屋にまゆみさんを迎えに行った。壁際の棚には、着替えや昼寝用のシーツなど、山のような荷物が置いてある。大きめの手提げ袋を用意したつもりだったが、荷物が多すぎて簡単には入らない。悪戦苦闘していると、気付いたまゆみさんが駆け寄ってきて、手伝ってくれた。二人で無理やり手提げ袋に押し込むと、隙間から下着が飛び出しそうになる。きみ子さんはパンパンに膨れた袋とバッグを右手に持ち、左手で我が子の手を引きながらヨタヨタ歩きだした。

ところが廊下に出て、二歩三歩進むうちに、何故か涙が流れ出し、止まらなくなった。玄関の近くに立っている担任の先生に挨拶しようとしたのだが、次から次へと涙が溢れ、自分でもどうしたらいいのか分からなくなった。その時きみ子さんの頭の中では、長女の入園から数えて八年間の様々な出来事が、走馬灯のように駆け巡っていた。

こうして子どもたちは二人とも小学生になった。やっと一息つくことが出来たが、油断は禁物だった。小学校には、保育園時代とはまた違った苦労があったのだ。

事件が起きたのは、さゆりさんが小学五年生の時だった。きみ子さんが仕事から戻り、いつものように洗濯物の取り込みや夕食の支度でバタバタしていると、さゆりさんが財布の中を見ているのに気が付いた。

「何をしているの」

「何でもない」

ところが夕食を食べ終わり、片付けをしていると、またきみ子さんの財布を覗いている。

何だか様子が変だ。

「何か買いたいものでもあるの？」

「お願い。お小遣いちょうだい。来月とその次もいらないから。明日学校に持って行かなきゃいけないの」

　彼女は普段、あまりお小遣いを必要としていなかった。何だか変だ。それにこの子たちの小学校では、集金以外で学校にお金を持って行くのは禁止されているはずだ。

「お金を持って行くのは、校則違反よ。先生に見つかったら、どんなことになるか分かっているの？」

　母親のきみ子さんに厳しく言われ、さゆりさんはとうとう泣き出した。誰かにいじめられているのでは、そう思ったが、子どもと言うものは親が心配していろいろ聞いても、自分がいじめに遭っているとはなかなか言えないものだ。親に心配をかけたくない気持ちも勿論あるが、自分がダメな人間だと認めるような気がして、ついつい平気な振りをしてしまうのだ。そこできみ子さんは切り出した。

「お母さんもね、小学生の頃に散々クラスの子たちにいじめられて、本当に苦労したのよ。今から思うとめちゃくちゃ腹立つよね。でもその時はやり返す勇気も無いし、辛かったよ。

もう、死んじゃいたいくらい。だけどその時期を通り過ぎてみたら、嘘みたいに別の人生が待っていたのよ。それに中学生になったら、いじめっ子が逆にやられる側になっていたり、その先もろくな人生歩んでなかったりすることもあるからね。辛くても、嵐が過ぎ去るのを待つしかないのかな。頑張っていれば、パッと明るい所に出られるかもしれないしね。現にお母さんは明るい所に出られて、今こうして楽しく生活が出来ているから。そうは言っても、少しは反撃しないと悔しいよね」

私だけじゃない、お母さんもいじめられていたんだ。きみ子さんの打ち明け話に勇気づけられたのか、さゆりさんは消え入るような声で言った。

「お金持って行かないと、これからずっと学校に行けなくなるの」

聞くところによると、同じクラスのたかし君と言う男の子から、度々お金をせびられているのだという。これまでもお小遣いの範囲で、百円玉を数枚ずつ持って行き、渡していたのだそうだ。ところが要求が段々エスカレートし、

「明日五千円持って学校に来ないと、ただじゃ済まないからな」と脅されたのだと言う。

きみ子さんは驚いた。だが、持って行っても行かなくても、事態は益々悪化するに違いない。どうしたものか。

その子の母親は、保護者会などで時々顔を合わせていたが、おとなしそうな普通の専業主婦だった。親は気付いているのだろうか。

そこで一計を案じたきみ子さんは、さゆりさんに言った。

「そのお金、お母さんが渡してあげる」

渡してはダメ、と言えば、彼女は怖くなって学校に行けなくなるだろう。それならば、思い切って渡せばいいのだ。逆転の発想だ。

きみ子さんは早速クラスの連絡網で確認し、その男の子の家に電話した。幸い母親が出た。

「もしもし、夜分遅く申し訳ありません。五年一組の竹内さゆりの母でございます。たかし君のお母さまでいらっしゃいますか？」

こういう時は、必要以上に馬鹿丁寧に話すに限る。

「はい、私です。たかしがお世話になっております。どうなさいました？」

「こんな時間に申し訳ありませんが、今から娘と一緒にお伺いしてもよろしいでしょうか。実は、娘がお金を借りたのか何なのかよく分からないのですが、たかし君から明日五千円を持って学校に来るように、と言われているみたいなので。でもご存じのように、学校に現金を持っていくのは校則違反なので、これからご自宅の方にお持ちしようかと思いまして」

「ちょっと、待ってください」

電話越しに、たかし君を呼ぶ声が聞こえる。

「今、本人に確認しましたが、そんなことは言っていないそうです」

「そんなはずはありません。とにかく、たかし君に渡さないと、明日から学校に行けなくなると泣いているので、今からそちらに伺わせていただきます」

一方的に、ガチャンと電話を切った。こういう時は、強引に押し掛けた方が効果的だ。

きみ子さんはさゆりさんの手を引き、道を急いだ。たかし君の家はバス通りを渡り、小学校を通り過ぎて、更に五分ほど歩いたところにあった。

「ごめんください」

きみ子さんが玄関のチャイムを鳴らして声を掛けると、母親が出てきた。後ろには、たかし君がいる。

「娘が約束した五千円です。封筒の中をご確認ください。確かにお渡ししました」

「本人に聞きましたが、全く記憶に無いと言っていますが」

「そんなはずはありません。それに、これを受け取っていただかないと、娘が明日から学校に行けなくなると言っているので。お願いです、この五千円をお納めください」

押し問答の末、きみ子さんは言った。

「そうですか、それほどまでにおっしゃるならば、今日のところはこれで帰りますが、これからは、こういうことのないように、お願いしますね」

その母親は、学校で何があったか、全てを悟ったようだった。

ストレートに、お宅の子どもがお金を巻き上げようとした、と抗議してもいいのだが、自分の子どもが非難されれば普通の親は、うちの子に限ってそんなことをするはずがないと子どもに味方し、反論したくなるものだ。子どもが仕出かしたことを理解させるためには、こういう変化球も必要なのだと、その時きみ子さんは思った。勿論、相手がどんな親か、見極めた上でのことだが。

一方、まゆみさんの方も決して順風満帆とは言えず、いろいろなことがあった。きみ子さんにとって一番の想定外は、入学早々登校拒否になったことだ。

入学式から数日経ったある日の朝、きみ子さんは時間に追われながら、娘たちに大急ぎで学校に行く支度をさせていた。ところがきみ子さんが一足先に出ようという時になって、いきなりまゆみさんがうずくまり、動かなくなったのだ。

「遅刻しちゃうよ、先にもう出ていい？」

「嫌だ、学校なんか行きたくない」

「でも学校は行かなくちゃ」

「広いお部屋で、知らない子たちばかりで、怖い」

「大丈夫よ。皆同じだから」

「怖いの、ダメなの」

見ると、涙をポロポロ流している。小学校に入学してほっと一安心していたのだが、まさかこんなことが起きるとは。きみ子さんは混乱し、焦ってしまった。何とかしたい、何とかしなければと思っているのだが、職場は年度初めの超繁忙期だ。休むわけにはいかない。出勤時間は迫っている。泣きたいのはこっちの方だ。

　きみ子さんは自分を落ち着かせるために、思い切り深呼吸した。そして考えた。こうなったら仕方ない。一年生になったばかりのまゆみさんに、午前中だけ一人でお留守番をさせ、昼から休暇を取って帰るしかない。姉のさゆりさんが心配して、学童クラブに行くのを止めて帰ると言ってくれたのだが、三年生に任せ切りにするのも不安だった。

　こうして、娘のために職場の冷たい視線に耐え、それからしばらくの間、午前中は仕事、午後からまゆみさんを連れて小学校の職員室に通う日々が始まった。きみ子さんにとって幸いだったのは、担任の先生が年配の穏やかな女性で、教員経験だけでなく、自身の子育て経験も豊富だったことだ。先生は忙しい中で時間を作り、毎日のようにまゆみさんの話を親身になって聞いてくれた。こうした日が何日も続き、彼女の小学校への恐怖心は徐々に薄れていった。そしてある日、夜寝ようとしていた時に突然言った。

「お姉ちゃんと一緒に学校に行く。やっぱり一人でお留守番は怖い」

　入学式から十日以上経って、まゆみさんはやっと、姉のさゆりさんに手を引かれて、学校に通うことが出来るようになった。後日、まゆみさんが大人になってから、きみ子さんはこの時のことを聞いてみた。

「何だか別の世界に入っちゃったみたいな気がして、教室に入るのが怖かったんだよね。何でだろうね」

　こうして無事に小学校に通えるようになったまゆみさんだが、高学年になってから再び辛い出来事があった。だがこの時は、きみ子さんは担任の先生や同級生のお母さんに教えられるまで、全くそのことに気付かなかった。

その頃のまゆみさんは、姉が既に中学生ということもあり、毎日一人で帰宅して、放課後は塾や絵の教室に通い、充実した毎日だった。だが学校の中では、何がきっかけだったのかは分からないが、男の子たちから、

「こいつ汚ねぇな、ばい菌だぜ。わーいばい菌、ばい菌」

と毎日のように、寄ってたかっていじめられていたのだ。まゆみさんは顔を上げられず、目に涙をためてじっと下を向いていたこともあったと言う。普通ならばここで、再び登校拒否になってもおかしくなかったはずだ。ところがきみ子さんが、近所の女の子の母親から聞いた話は違っていた。

「まゆみちゃんって凄いのね。勇気あるって言うか、感心しちゃった。だって男の子たちがからかっていたら突然立ち上がって、教室の中を走り回って『わーい、ばい菌だぞ。怖い病気を移してやるぞ。私に触られたら死んじゃうぞ』って言って、両手を大きく広げながら、いじめっ子たちを追い駆け回したって言うじゃない。皆が手を焼く悪ガキどもだったけど、おかげで大人しくなったって、うちの子、まゆみちゃんのことを凄いって褒めていたわよ」

いつの間に、あの子にそんな勇気が備わったのだろう。ただ一つ心当たりがあるのは、彼女には学校以外の居場所があったということだ。幼い頃から続けていた絵の教室が、自宅から少し遠かったため、そこに行けばよその学校の子どもばかり。普段のまゆみさんを知る者は誰もいなかった。その教室で仲良しの友だちも出来て、日曜日に一緒に遊びに行くこともあった。いい友だちに恵まれていたのだ。たまたま幸運だったのかもしれないが、学校とは別の世界を持っていたことが、彼女の救いになっていたのは、まず間違いなかった。

このように、娘たちは娘たちでいろいろな苦労をしたようだが、きみ子さんの方にも保育園時代とはまた違ったハードルがあった。母親の多くが職業を持っていない時代だったこともあり、保護者会や授業参観などの行事が、いつも平日の昼間、早い時間に行われていたのだ。主婦は平日の昼間の方が出やすい、その社会一般の常識に、保育園を卒園した途端に直面したのだった。きみ子さんは、自分のような平日昼間が忙しい人間は珍しい存在だと、自分で自分に言い聞かせ、精一杯頑張った。さすがに毎回参加は無理だったが、欠席ばかりという訳にはいかず、仕事のスケジュール調整や、周囲への配慮など、職場ではいつも頭を下げ通しだった。

ここに書ききれないくらい様々な経験をしながら、きみ子さんは昭和から平成の時代に子育てと仕事をこなしてきた。だが子育て以外にも家事の負担も大きく、乗り切るためには様々な工夫が必要だった。

そうした中で、当時のきみ子さんが心掛けていたのは、無理をしないことだった。別の言い方をすると、家事の手抜きに罪悪感を持たない、ということか。その点では実家の母が商家の出で、家事は適当にという家風だったことが、大いに役に立った。

運の良いことに、高校卒業と同時に大学進学のために上京してから、十年以上一人暮らしだった夫の満夫さんは、意外と掃除が好きだった。しばらくすると、まともに掃除が出来ないきみ子さんを見るに見かねて、自然に自ら掃除するようになった。満夫さんは帰宅が遅くなることが多いので、作業するのは週一回、日曜日だけだったが、それでも大いに助かった。仕上がりにアレッと思うこともあったが、一切口出ししないようにした。別にホコリが溜まっていても死ぬわけではない。そう思えば気楽なものだった。

掃除の次に問題になったのは、食器洗いだった。忙しいとついつい手抜きをして雑になる。

「お母さんが洗うと、隅のほうに汚れが付いたままのことがあるから嫌だ。向こうに行ってていいよ」

娘たちにここまで馬鹿にされると、ついきれいに洗えるところを見せたくなるのだが、彼女たちの前では、その気持ちをぐっと抑えていた。そのおかげか、夫と娘たちは進んで食器や調理器具を洗ってくれるようになり、徐々に腕を上げていった。

こうして家事の協力体制は徐々に構築されていった。しかし何と言っても家事をスムーズに分担する秘訣は、仕事を分野ごとそっくり任せてしまうことではなかろうか。大抵の人は、家事のやり方にいちいち口出しされると、良い気分はしないものだ。思うに、特定の仕事を完全に任せてしまうと、自分なりに責任感が芽生え工夫するようになる。その仕事に愛着も湧くというものだ。勝手な考えかもしれないが、そうとでも考えなければ、とてもやっていられなかった。

そういう訳できみ子さんは、掃除、ゴミ出しから始まり、水回り関係すなわち洗濯、風呂掃除は、出勤時間が遅めで朝余裕がある満夫さんに任せるようにした。彼が出張や帰りが遅い時など、やむを得ない時は勿論きみ子さんの出番もあったが、それ以外は出来るだ

け手出ししないようにした。子どもたちには、

「お父さんはアライグマみたいな性格だから、水仕事が得意なの」

とか何とか、いい加減なことを言い聞かせていたが、どうも本気で信じていたみたいだった。だが満夫さん自身も、こだわりを持って取り組むようになったので、まずは成功したと言えるだろう。食器洗いも朝は満夫さん、夕方は娘たちが積極的に担ってくれた。

更に、夫に得意料理があるというのも大切だ。これが無いと、きみ子さんが病気になった時に困ってしまう。しかし昭和二十年代に生まれた満夫さんは、なかなか料理には手を出さなかった。そこできみ子さんが目を付けたのは、皆が大好物のカレーだった。一番の大好物ならば、食べたくなったら作るだろう。と言うことで、作り方を伝授すると、きみ子さん自身はカレー作りから手を引くことにした。そして、それから何年もかけて満夫さんをうまくおだて、けしかけ続けた。その結果彼はかなりの腕前にまで成長し、最終的には「カレーはお父さんが作るもの」と娘たちが信じるまでになった。更にきみ子さんがカレーから手を引いたことで、副産物もあった。カレーが食べたくなると、娘たちが父親の機嫌を取るようになったのだ。おかげで思春期になった娘たちと父親の関係も、少なくともカレーの日だけは良好だった。この作戦も、まずまずの成功と言えるだろう。

　こうした様々な工夫により、何とか育児と家事と仕事を乗り切ったきみ子さんだったが、危機も訪れた。それは夫の関西への転勤だった。当然批判もあることと思うが、当時のきみ子さんは、わずか数年間の為に仕事を辞めて満夫さんに付いて行こうなどとは思っていなかった。彼の方も同じ考えだったが、その頃はまだ単身赴任が珍しい時代だった。転勤の内示を受けて数日後のこと、満夫さんは上司に呼び出された。

「何故奥さんが一緒に行かないんだ」

「済みません。家内の仕事と、子どもの学校の都合がありまして」

「そんなの理由になるか。家族ひとつ説得出来ないのか。転勤先で、どんなに白い目で見られるか、分かっているのか」

　かなり叱られたようである。ところがそれから数年経つ頃には、後輩たちが次々と単身赴任を申し出るようになったそうだ。つまりきみ子さんの夫は、先駆者として道を切り開いたということだ。更に年月が流れ、噂で聞いたところでは、かつて満夫さんを叱った上司が地方に転勤する時は、奥さんと子どもが同行を拒否したそうだ。家族を説得出来なかった時の、上司の心境はどんなものだったのだろう。

こうした経緯もあり、きみ子さんは、転勤の時に自分に味方し、かばってくれた満夫さんに、今でも感謝している。

こう書くと良妻賢母っぽいが、実際はちょっと違っていた。満夫さんの単身赴任中に、さゆりさんは高校に入学、まゆみさんも中学生になっていた。きみ子さんは、「亭主達者で留守がいい」の言葉通り、娘共々大いに羽を伸ばし、自由を謳歌したのだった。

時は流れ、世の中は大きく変わっていった。

男女雇用機会均等法という法律が改正され、男女の採用、昇進での差別的取り扱いが禁止されたのだ。まさに隔世の感があった。

そんなある日、きみ子さんが職場で職員報を読んでいると、驚くような記事が目に入った。きみ子さんが出産子育てに奮闘していた頃に、マタニティハラスメントを繰り返していたかつての同僚男性が、「イクメン」として写真入りで紹介されていたのだ。そこには、共働きの妻を支えるために、子育てに積極的に協力していることが、特集記事として取り上げられていた。きみ子さんは呆れてしまった。そして他人の身勝手な言動を気にして振り回されるのが、いかに馬鹿馬鹿しいことか、その時実感したのだった。更にこの時に、ハラスメントはされた側は心に傷が残るが、した側はケロッと忘れていることも、思い知ったきみ子さんだった。

こうして社会の常識は着実に変わっていったが、きみ子さんは若い時の辛い記憶が頭から離れず、自分を見る周囲の目が変わったことに、気付いていなかった。皮肉なことにそれに気付いたのは、孫の世話のために退職を決意した時だった。しかしその時はもう、いくら惜しまれても、決心は変わらなかった。

ただ、若手の女性職員から、

「きみ子さんを目標に頑張ってきました。いつかきみ子さんの下で働くのが夢でした」と言われた時は、かなり心が揺らいだが、それでも職場への未練はもう無かった。

きみ子さんは、まゆみさんが第一子の育児休暇を早めに切り上げ、職場復帰するのに合わせて、長年勤めていた職場を退職した。まだ五十代半ばだったが、孫は七歳、三歳、ゼロ歳の三人になっていた。娘たちは仕事と子育ての両立で切羽詰まっており、最早躊躇している余裕は無かった。

きみ子さんが退職した翌日、東京は桜が満開だった。その日何年かぶりで寝坊をして、のんびり朝御飯を食べたきみ子さんだったが、ふと思いついて、一人でお花見に出かけることにした。地下鉄に乗って飯田橋まで行き、長い地下通路を通って乗り換えると、目的地の九段下までは一駅だった。階段を上って地上に出ると、目の前には何度かイベントで来たことのある日本武道館があった。そこから右方向に大きく回り込むと、目の前に広がっているのがお花見の名所、千鳥ヶ淵だった。

きみ子さんは桜を見るためだけにここまで遠出をするのは、生まれて初めてだった。今まで見てきた桜は学校の校庭か、せいぜい自転車で行ける範囲だった。思えば大学を卒業してからこの日まで、日々の生活に追われに追われてここまで来た。そうした毎日から、やっと解放されたのだ。これからは、思い切り自由に生きよう。暖かい風に吹かれながら、希望で胸が膨らんだ。

だがきみ子さんのその考えは、今にしてみれば甘かった。

五　四人の孫たち

二〇一五年、きみ子さんの退職から三年半が経った。前年の秋には孫が四人に増え、きみ子さんはその世話のために、東へ西へと自転車で忙しく走り続ける毎日になっていた。

「この時代に、早々と孫に恵まれて幸せね」

そう言う人もいた。だが、現実はそんなに甘いものではなかった。日増しに回転が鈍くなる頭と、節々が痛む体を酷使しての戦いで、駅前の整形外科も今ではすっかり顔なじみになっていた。

何でそこまで世話するのか、甘やかし過ぎではないかと言われたこともある。それも一理あるのだが、現実問題としてきみ子さんが世話しなければ娘たちが仕事を続けられない。特に一人で頑張っているさゆりさんに体を壊されたり、失業して転がり込まれたりしたら元も子もない。まゆみさんの方も夫婦共に外科医という職業柄、家事育児と仕事が両立出来るような状況では無い。きみ子さんの協力が無ければ、多分破滅だ。

他方、そういう目の前の現実的な問題以外に、きみ子さん自身の気持ちの問題もあった。自分の子育てが何とも中途半端で、やり残したことが沢山あるような気がしていたのだ。きみ子さんは孫たちの世話をしている時、自分自身の人生をやり直しているような気持ちになっていた。

だがそういうきみ子さんの感傷的な思いとは裏腹に、孫たちとの現実の日々は、一筋縄ではいかないことが多かった。

その頃一番上の孫のゆきちゃんは、小学五年生になっていた。

ある日の夕方、きみ子さんは自宅から国道に沿って自転車を西の方角へと走らせ、高台に立つ長女の自宅マンションに着いた。

「ゆきちゃん、帰っているかな。おばあちゃんよ。ママが遅くなるって言っていたから、晩御飯のおかずを持ってきてあげたよ」

「ありがとう。こう君はまだ学童クラブから帰ってないよ。私のおやつ、何かある？」

「いつものチョコレートプリン、買ってきてあげたよ。食べたらさっさと宿題を済ませちゃいなさい」

こうして、きみ子さんがタッパーに入ったおかずを盛り皿に移していると、突然玄関のチャイムが鳴った。

「ピンポーン、ピンポーン」

「中に一人でいるんだろう。さっさと出てこい。話がある」

きみ子さんは驚いて、思わずゆきちゃんの顔を見た。その顔は恐怖で青ざめている。

ゆきちゃんに対するいじめの首謀者二人が、祖母のきみ子さんが中にいるのを知らずに、押しかけて来たのだった。ピンポン、ピンポン、ピンポン、ピンポン。彼女たちは玄関のチャイムを何十回も鳴らし、ドアを蹴とばして、

「いるのは分かっているんだ、出てこい」

と、わめき続けた。

「おばあちゃん、怖いよ」

抱きついてくるゆきちゃん。きみ子さんは声を押し殺して泣き続ける孫娘をギュッと抱きしめながら、その子たちが諦めて帰るのをじっと待った。きみ子さんが一部始終の目撃者だった。

チャイムの音と玄関ドアへの暴力が続き、十五分ほど経っただろうか。ようやく諦めた

のか、彼女たちの怒鳴り声が静まり、走り去る足音が聞こえた。きみ子さんが窓からマンションの出入口をそっと覗くと、二人は何やら大声で話しながら、駅の方向へと去って行った。もう日が落ちて、周囲は薄暗くなりかけていた。西の空にはほんのりとオレンジ色に染まった雲が、夕日を包み込むように広がっていた。

泣き止んだゆきちゃんはきみ子さんに、最近学校で起きていることを、包み隠さず話してくれた。きみ子さんが日頃から、心のハードルを低くするために、自分自身の小学生時代の辛い体験や、母であるさゆりさんの身に起こったことを話して聞かせていたのが良かったのだろう。

だが、ゆきちゃんの話を聞いたきみ子さんは不安になった。おまけにこの日のようなことがあって、学校に行けるのだろうか。自分だったら多分無理だろう。

しかし、ゆきちゃんは強い子だった。その事件があった翌日、いつも通り登校すると、勇気を振り絞って職員室に行き、担任の先生に相談した。

「先生、相談があります。私が帰ろうとすると、クラスの女の子たち数人が昇降口で待ち伏せしていて、気持ち悪いとか、学校に来るなとか、嫌なことを言います。筆箱を隠されたこともあります。昨日は、私の家まで来て、玄関のドアを蹴ったり、大声で私の悪口を言って、怖かったです。助けてください」

先生はしばらくの間ゆきちゃんの目をじっと見詰めていたが、困ったような顔をして、突き放すようにこう言った。

「あなたが先に、嫌われるようなことをしたんじゃないの」

その言葉にショックを受けたゆきちゃんは、懸命に具体的な出来事を挙げて説明したらしい。しかしいくら言っても取り合ってくれないのが分かると、更に次の日、校長先生に直訴した。

ところがそれから数日後のことだ。六時間目の授業が終わり、帰り支度をしていると、突然担任の先生から声を掛けられた。

「友だちのことで、校長先生に何か相談したでしょう。校長先生が、放課後校長室に来るようにって。あっ、あなたたち二人もね」

いじめの首謀者二人とゆきちゃんは、授業が終わると、校舎の一階にある校長室に行くことになった。三階の教室から階段を降り、長い廊下を体育館の方向に向かって歩いて行くと、職員室の手前が校長先生の部屋だった。ドアを開けると、奥の椅子に、着任して二年目になる校長先生が座っていた。その前に置かれたソファーに三人が腰掛けると、校長先生は一人一人に質問をした。

「ゆきちゃんが、あなたたちに待ち伏せされたり、物を取られたりして、いじめられていると言っていますが、本当ですか」

「絶対違う。本当にそんなことしてない。私たちを信用出来ないんですか」

ゆきちゃん以外の二人は、当然いじめを否定する。

「校長先生、本当です。この前、私の祖母も私が嫌な目に遭っているところを目撃しています。祖母に聞いてください」

「いい加減なこと言うんじゃないよ。証拠があるなら見せてみなよ。このウソつき」

ゆきちゃんと二人組のやり取りを聞いた校長先生は、うんざりした顔をしてゆきちゃんに言った。

「あなたたち三人の内二人が、いじめは無いと言っています。あると言っているのはあなた一人だけです。多数決から考えても、あなたがウソをついていることになります」

そんな馬鹿なことがあっていいのだろうか。だが校長先生は、非情にもゆきちゃんに命令して、

「ウソをついてごめんなさい」と、二人に謝らせたのだった。

きみ子さんは、その時のゆきちゃんの絶望感を思うと、胸が痛くなった。不登校になっても不思議はなかったと思う。

しかし幸い六年生に進級すると、学校一の熱血教師を自認する先生が担任になり、ゆきちゃんへのいじめは下火になった。

やがてその年も冬になり、ゆきちゃんの中学受験が目前に迫った。あの警察も巻き込んださゆりさん一家の事件から、わずか数か月後のことだった。えっ、あんな状況の中で中学受験が出来るの、と思った人も多いと思う。それは確かにそうなのだが、小学五年生の時にいじめの標的になっていたゆきちゃんは、どうしても地元の中学校には行きたくなくて、受験勉強を頑張っていた。ここで諦める訳にはいかなかったのだ。

そして既に書いたように、山あり谷ありの苦労を乗り越え、ゆきちゃんは猛勉強の末に、レベルは高くはないが中高一貫の私立中学に合格し、地元の子どもたちと離れることが出来た。

だが当時のゆきちゃんは母親や弟と一緒にきみ子さんたち祖父母の家に身を寄せ、家庭が崩壊している劣悪な環境だったから、本当のことを言うときみ子さんはどこも受からないだろうと思っていた。案の定ゆきちゃんは、連日のように試験に落ち続けたが、捨てる神あれば拾う神ありだ。とある中学校の四回目の試験、最終募集で合格を勝ち取った。心臓に悪いことこの上なかったが、合格してしまえばこっちのものだ。

中学校の入学費用は、長年さゆりさんが積み立ててきた学資保険で賄うことが出来た。またさゆりさんの結婚が早かったために、祖父である満夫さんはまだ現役のサラリーマンとして働いていて、いざという時には頼りになる存在だった。

こうして春になり、今では過去の人間関係と決別し、幸せな中学生活を送っているゆきちゃんなので、小学生時代のことなどもうどうでもいいと、きみ子さんは思っていた。

そんな時に、いじめを苦にした高校生の自殺事件が起きた。

「人間関係のトラブルで行き違いが重なっただけで、いじめとは考えていません」

「生徒間のトラブルと自殺の因果関係は認められませんでした」

テレビのニュースを見ると、その学校の校長が、どこかで聞いたことがあるような台詞を口にしていた。きみ子さんはその様子を目にして、あの時の小学校の担任と校長を思い出していた。そして思わず、横にいる満夫さんにこぼした。

「この人たち、いじめが無かったことにしたいのよね」

「ゆきちゃんの学校も、いじめ隠しが酷かったからな」

「どうしてもっと積極的にいじめの情報を共有して、解決しようとしないのかしら。私はいじめが無いより、あっても解決しようと努力する方を評価するな。この人たち、ちっとも分かってないのよね」

満夫さんはゆきちゃんの過去のいきさつを知っていたので、きみ子さんのこの意見に何度もうなずいていた。

ゆきちゃんの弟のこう君は、元気が有り余っているやんちゃな男の子なので、他の孫たちとはまた違った大変さがあった。

男の子を育てたことのなかったきみ子さんにとって、こう君の行動は驚きの連続だった。こう君のさっぱりした性格は大好きだが、何しろ力が強い上に、やることなすこと乱暴だ。

こう君が三歳の時だったと思うが、こんなことがあった。当時まだ公務員だったきみ子さんは、翌日の月曜日早朝から、小学校の校長先生や引率主任の先生方を引き連れて、移動教室の実地踏査に行くことになっていた。二泊三日の行程で長野県に出張し、散策コースの確認と、宿泊施設との打ち合わせをする予定だった。

夕方になり、玄関の狭い空間で、ボストンバッグの中身の最終確認をするきみ子さん。

書類の入れ忘れはないか、入念にチェックする。

その時だ。長女に連れられて遊びに来ていたこう君が、勢いよくリビングルームとの境のドアを開け、駆け出してきた。

ガシャーン、ドカン。

「キャー」

きみ子さんの悲鳴。痛い。右肘を強打した。動かそうとすると強烈な痛みが走り、思わずうずくまる。

うろたえるさゆりさん。

「大変。お母さんごめん、本当にごめんなさい」

その日遅く、きみ子さんが夫に付き添われて帰宅した時には、右腕はギプスと包帯でぐるぐる巻きにされ、三角巾で首から吊るされていた。

しゃがみ込んでいるきみ子さんを見て、夫の満夫さんが救急車を呼んだ。

日曜日で医療機関はどこも開いていない。右肘を抱えて、床に

それからがまた大変だった。翌日同行する予定だった教育委員会の職員に、夜遅かったが電話して事情を説明し、今回の仕事を一任したのだが、事情を聞いた職員の方もいきなりで、それこそ青天の霹靂のようだった。何しろ実地踏査の責任者の突発的事故で、突如

全権委任されたのだ。引率する相手が校長先生方なので、安心と言えば安心だが、事務的な打ち合わせは、こちらの責任でやらなければならない。

翌朝早くきみ子さんは、カバンに必要な書類を詰めて、無事だった左手でそれを持ち、痛みに耐えながら市役所へと急いだ。到着すると、ロビーには既に参加者が集まり始めていた。担当職員の姿も見えた。

「急にこんなことになって、ごめんなさいね」

「いやぁ、驚きましたよ」

「学校の先生方や、宿泊施設の方々に、くれぐれもよろしく伝えてね」

職員に何度も頭を下げて、書類を引き継いだ。そして、市役所の正面入口前に立ち、貸し切りバスに乗って出発する一行を見送ったのだが、皆が皆、きみ子さんの包帯姿を見て、仰天していた。あれから相当な年月が経っているが、今思い出しても、冷や汗が出る。

さゆりさんが医療機関に転職して数か月が経ち、そんなやんちゃなこう君も四月からは小学四年生、ゆきちゃんは中学二年生になった。

現在のこう君は、公立の学童クラブの対象年齢から外れてしまっていたが、幸い最近は放課後広場という事業があり、夕方五時までは家に帰らず、校庭で遊ぶことが可能だった。その後の時間は鍵っ子だが、少し待てば姉のゆきちゃんが帰ってくる。ただゆきちゃんが部活で遅くなる週二回、一人で放置するのも心配なので、塾に通わせることにした。

こう君は、ママであるさゆりさんと苦手科目が同じだった。カエルの子はカエルなので、きみ子さんは期待していなかったのだが、さゆりさんは自分のことは棚に上げ、我が子の教育には熱心だった。

「勉強で苦労した自分と、同じ失敗はさせたくないの」

きみ子さんは内心「よく言うよ」と半ば呆れていた。だが、親なんて大概そんなものだろう。

こうして塾に通い始めたこう君だったが、きみ子さんはさゆりさんの帰りが遅い日は出来る限り、おかずを届けるふりをして、さりげなく様子を見に行っていた。だが、素直に塾に通っていれば平穏無事かと言えば、そうとも限らないのが、この年齢の男の子の厄介なところだった。

例えばこんなことがあった。名付けて、こう君ザリガニ事件である。

ある日きみ子さんが、いつものように長女たちのマンションに顔を出すと、既に帰宅していたこう君が、奥から牛丼チェーン店のテイクアウト用容器を抱えて出てきた。

「それ、何？」と聞くと、

「ザリガニ」と答える。

「えーっ」こういう類の生物が苦手なきみ子さんは、思わず悲鳴を上げる。

聞くと、学校で飼えなくなったザリガニを、何人かが分けて持ち帰り、育てることになったらしい。こう君がずらした蓋の隙間から中を覗くと、不気味な物体がうごめいている。

「僕が手を挙げないと、この子貰い手がいなくて、死んじゃうかもしれないから」

ザリガニに対する愛情と責任感は、人一倍強いこう君だった。きみ子さんは正直嫌だったが、捨てる訳にはいかない。どうしたものかとしばらく沈黙していると、

「ザリガニの餌がいる」と、これまた唐突に言う。えええっと思ったが、確かに食べる物が無いとザリガニも困るだろう。

壁の時計に目をやると、塾が始まるまでまだ時間がある。仕方なく二人で、駅前のスーパーに行くことにした。自転車をスーパー裏の駐輪場に止め、正面入口に回って入ると、日用品や衛生用品が並ぶ一角があり、その奥の壁際にペット用品専用のコーナーがあった。

二人で犬や猫、金魚などの定番商品の棚を見ながら、それらしき物を探した。すると、そのものズバリ「ザリガニの餌」というのがあった。売っているということは、結構ザリガニを飼っている人が多いということだろうか。全く知識が無かったきみ子さんは、少なからず驚いた。

しかし、感心している場合ではない。こう君のママが知ったら、こんなことを許す訳がない。そうは思ったが、急いで餌を購入し、取り敢えずこう君を一人で塾に向かわせた。そしてザリガニの餌の方は、長女たちのマンションに届けた。ザリガニ入りの牛丼容器はベランダに設置。その脇にそっと餌を置く。ザリガニにはしばらくここで生活してもらうしかない。

「こう君が学校からザリガニを持って帰った。取り敢えずベランダに出しておいた。餌も買った。後はよろしく」

きみ子さんがさゆりさんに、スマートフォンでことの次第を報告すると、案の定、「何てことするの。ザリガニがいる家になんか、帰りたくない」と、返事が来た。

予期していたものの、きみ子さんは困った。さゆりさんは結構短気で、瞬間湯沸かし器的なところがある。仕方なく、

「日曜日に川か池に放しに行くから、それまで許してね」と連絡した。

次の日曜日の朝、きみ子さんはただでさえ忙しいのに、こう君と待ち合わせをする羽目になった。いつもより早めに朝御飯を食べ、満夫さんに事情を説明する。呆れ果てている夫を尻目に、自宅から自転車で国道を十五分ほど西へ走って行くと、こう君が反対側から勢いよく自転車を飛ばしてやって来るのが見えた。前カゴに目をやると、ザリガニも一緒だ。こう君は、ザリガニの運命が自分にかかっている、とでも言いたげな、真剣な顔をしていた。

二人の目的地は、待ち合わせ場所から更に自転車で十分ほど北西に進んだところにある大きな池のある公園だった。公園までの坂道は予想以上に急で、きみ子さんは電動アシスト自転車のスイッチを強に切り替え、立ちこぎするこう君の後を付いて行った。小学生男子のパワーは驚異的で、とてもかなわないと思いながら、何とか上って行く。埼玉県との境が近いこの辺りは坂道が多く、地形が呆れるほどボコボコだ。道の両脇を見ると、この急斜面にどうやって建てているのだろうと不思議になるような家もあった。自転車を愛用するきみ子さんには難所であり、長女たちが住んでいなければ、絶対に近寄りたくない場所だった。そんな坂道をヨタヨタ上り、やっと公園の入口にたどり着いた。

ところがその公園、釣り堀でもないのに、なぜか大勢の年配の男性が、ぐるりと池の周りに座って釣りをしている。

こう君が公園の中を進み、ザリガニが入った容器の蓋を取って恐る恐る池に近づいて行くと、大人たちの鋭い視線が集まった。

「おい、そこの坊主、ザリガニはだめだ。魚がザリガニに食われてしまうだろう。あっちに行け」

冷たく追い払われてしまった。ザリガニの容器を見詰め、悲しそうな顔で再び蓋をしたこう君だったが、言っていることは正論であり、諦めざるを得なかった。

すごすごと退散した二人は、公園の前の道にたたずみ、空を見ながら途方に暮れていた。だが、ぐずぐずしている余裕は無い。放っておけば、ザリガニが息絶えてしまうかもしれない。二人ははるか北にある荒川まで遠征するかどうか、決断を迫られた。こう君の住む地域から荒川までは、さすがに遠い。だがこう君は、ザリガニのためだったらそのくらい何のそのだ。結局こう君に押し切られる形で、きみ子さんは再びこう君の後ろを自転車で追い駆けることになった。風を切り、首都高速五号線の高架下をくぐり、周囲に大きな団地が立ち並ぶ広い道をひた走り、新河岸川も越えて、一時間以上かけて荒川の戸田橋が見える辺りに到着した。とても老婆のやることとは思えない奮闘ぶりだ。

　二人が河原の手前に自転車を止め、川に近づいて行くと、コンクリートの階段が目に入った。その階段を下り、広い河川敷を歩いて行くと、子どもでも何とか水辺に手が届きそうな場所があった。だがこう君が手を伸ばし、ザリガニを川に放そうかどうしようかためらっていると、丁度その時、初老の穏やかな雰囲気の男性が声を掛けてきた。

「ザリガニは池や川に放すと、生態系を破壊する恐れがあるから、やめた方がいいね」

「生態系って何？」

「生き物と周りの環境が、仲良く共存していることだよ。ザリガニは欲張りで水草を全部食べてしまうから、川の中に住んでいる他の生き物が、そこに住めなくなるんだ。それでは、皆で仲良く一緒に暮らすことにはならないよね」

　聞くと男性は、数年前まで隣の埼玉県の中学校で理科の教師をしていたという。こう君が困っていると、

「家では飼えないのかな？」

「ママがダメだって」

「困ったね。それじゃあ、おじさんが貰ってあげようか。他にも何匹も飼っているから」

「本当ですか？　ありがとうございます」

こう君はその親切な男性に、ザリガニが入った牛丼容器をそっと手渡し、深々と頭を下げて最敬礼した。こういうことを、地獄に仏と言うのだろう。

「ザリガニくん、元気でね。頑張って生きていくんだよ」

別れを告げた時、ほっとすると同時に寂しくなったのか、こう君の目は涙で潤んでいた。


こんなことを書いていると、こう君はとんでもなく手が掛かる子どものように思えるかもしれない。だが一方で、「親切なこう君」と呼ばれる、思いやりのある子どもでもあった。こう君の名誉のために、もう少し書き足してもいいだろうか。

こう君は、一見おっとりしてどこか抜けているように見えるが、実はスポーツが大好きで、特に水泳は幼児の頃からずっと続けていた。きみ子さんも水泳が趣味で、二人とも、毎週土曜日に同じスイミングクラブに通っていて、きみ子さんのすぐ後の時間帯が、こう君のクラスだった。

ある日きみ子さんは、一緒に帰るためにスイミングクラブのロビーでこう君を待っていたが、終了時間を三十分以上過ぎても、男性更衣室から出てこない。何をしているのだろう。心配している内に五十分が過ぎ、ふと気が付くと外は薄暗くなっていた。

やっと出てきたこう君は、濡れた水着姿のまま泣きべそをかいている友だちと一緒だった。

「こんな時間まで何をしていたの？」

「友だちが、服をしまったロッカーの場所を忘れちゃったの」

ロッカーはダイヤル式で鍵がないので、場所を忘れてしまったら、手掛かりはない。きみ子さんはすぐに二人を事務室に連れて行き、事情を説明した。

事務室の人は、誰もいなくなった更衣室にこう君たち二人を連れて行って横に立たせ、マスターキーを使ってロッカーを一つ一つ開け、確認していった。きみ子さんがふとこう君の顔を見ると、その目には「きっと叱られる。どうしよう」と書いてあった。

その様子を見たきみ子さんは、「ここで叱ってはいけない。友だちに親切にしたのだから、叱ってはいけない」と、自分で自分に言い聞かせた。

無事にロッカーを突き止め、友だちとその場で別れると、きみ子さんはこう言った。

「こう君って親切な子だね。こんなに親切な子って、なかなかいないよ。こんな時間まで友だちに付き合うなんて親切すぎるよ。すごいよね。でもね、今度からは、すぐに大人に相談しなさいね。それと友だちには、使うロッカーの場所をいつも決めておくように、アドバイスしてあげるといいね」

「うん、そうする」

きみ子さんの言葉に、こう君の顔がぱっと明るくなった。

以来、「親切なこう君」を自認したのか、こう君はむやみやたらと、人の世話を焼くようになった。例えば小学校でいじめられている子がいたら、体を張っていじめっ子を撃退し、先生に通報する。何しろクラスで一番背が高い上に、相撲取りみたいに太っているものだから、向かうところ敵なしだ。その流れで、学校の文化祭では人気アニメのパロディ創作劇でガキ大将役を演じ、絶賛を浴びるまでになった。

彼の親切は、小学校の中だけにとどまらなかった。例えば道を歩いていて困っているお年寄りを見かけると、飛んで行って荷物を運んであげる。そんなことは朝飯前だった。更にどういう風の吹き回しか、毎朝通学路の途中にある交番に寄って、警察官に挨拶するのを日課にするようになった。その結果、警察官とすっかり顔見知りになってしまい、自分まで正義の味方になったつもりでいた。

「おまわりさんになるには、どうしたらいいんですか?」

「子どもの内は、体を鍛えた方がいいね。柔道とかやると、いいと思うよ」

警察官にそう教えられ、すっかりその気になったこう君は、柔道部がある中学校に入学するのが目標になった。

こう君は話し掛けやすい雰囲気なのだろう、学校でも何かと友だちから相談を持ち掛けられた。本人は成績もパッとしないし、困ったことだらけで、きみ子さんからすれば、こう君の方が誰かに相談に乗ってもらった方がいいように思うのだが、本人はどこ吹く風だった。相談に乗ってあげると、トラブルに巻き込まれることも多いのだが、本人は全く気にしていなかった。

こうして親切の大安売りを続ける孫に恵まれ、幸せ一杯なはずのきみ子さんだったが、様々な騒動が持ち込まれ、その忙しさは加速度的に増していくのであった。

まゆみさんのところの上の子、あゆみちゃんは、丁度この頃小学校に入学したばかりのピカピカの一年生だった。小学校は妹のくるみちゃんが通っている保育園から、歩いて数分のところにある。放課後も、学校内にある学童クラブが面倒を見てくれるので安心だった。

　あゆみちゃんは、パパの前では可愛らしい女の子を演じているようだが、実はかなり活発な性格だ。きみ子さんの家に来ている時は、従兄のこう君と空手ごっこをしては大暴れ。学校でも、早朝から男の子と派手にやりあって、一目置かれているらしかった。まゆみさんはあゆみちゃんを、ドレスの似合うおしとやかなお嬢様に育てるべく努力していたようだが、その本性は早々と露見した。

　ある日小学校の個人面談があった。まゆみさんは無理をして何とか外来患者の予約を調整し、張り切って学校へと向かった。成績のこととか、友だち関係とか、聞きたいことが山ほどあったようだ。ところが担任の先生は、開口一番こう言った。

「お宅のあゆみちゃんは、毎朝早く学校に来て、廊下で男の子たちと決闘ごっこをしています。その迫力は凄くて、回し蹴りをしながら『トリャー』とか『てめえふざけんな、馬鹿野郎』とか、とても女の子とは思えない有様で、逃げる男の子たちを追い回しています。お宅のお子さんは、いったいどうなっているんでしょうか」

　帰宅早々、まゆみさんの雷が落ちたのは言うまでもない。しかしきみ子さんに言わせれば、今まであゆみちゃんの本性に気付かなかったまゆみさんのほうが間抜けだ、ということになるのだが。

そんなあゆみちゃんだが、保育園時代からの仲良しのはるなちゃんと、約束していることがあった。それは中学校から海外留学するという約束なのだが、問題は留学先だった。

「どんな学校に留学したいのかな？」

「イギリスのスコットランドにある、魔法学校。千年以上の歴史がある、イギリスでは有名な学校なんだって。十一歳になったら入学出来て、全寮制。あゆみたちも、そこの寮に入るから、おばあちゃんには会えなくなるね。元気でね」

　魔法使いの少年少女が主人公の、大ヒットした映画があったが、どうもその舞台になっている学校のようだ。そう言えば、ＤＶＤで全編見たと言っていた。かなり本気らしく、学校の内容もよく調べている。

　あゆみちゃんはその留学を実現するために、学校の勉強はそっちのけで、テレビや英語教室の教材で、英語ばかり熱心に勉強していた。その結果、確かに英語は得意になったが、通信簿の成績は惨憺たるものだった。最近の小学校の通信簿は三段階評価なので、成績の酷さはあまり目立たないが、評価欄の一番上に丸はあまり見当たらない。学校の勉強への興味もやる気もないものだから、その気持ちが表れるのか、ノートの字はとんでもなく雑で汚い。これを読めと言われても、先生も困ることだろう。

そんなあゆみちゃんを、きみ子さんは心配した。だがこんなに夢中になっているのに、その魔法学校が実在しないことを教えて、夢を壊すのは良くないと思った。そこで一計を案じた。

「ねぇ、あゆみちゃん。あゆみちゃんが行きたい中学校はイギリスの学校だから、英語がしゃべれないと無理なのは分かるよ。でも魔法の薬を調合するには、理科の実験も得意にならないといけないよね。算数だって必要だと思うな。ホウキに乗って空を飛ぶのだから、高さや速さの計算がパッと出来なきゃ目的地に着けないよ」

全て口から出まかせだったが、あゆみちゃんはその言葉を聞き、暫く考えていた。

「なるほど、そうか。おばあちゃん、さすがだね。よく知っているね」

あゆみちゃんは、行動は乱暴だが性格は素直な子で、きみ子さんのこの説明に納得したようだった。そしてその日は珍しく、自分から算数のドリルを取り出して、宿題をやり始めたのだった。

これからどうなることか、多少の不安はあったが、そのうち何とかなるだろう。

最近のきみ子さんは、あゆみちゃんとその妹のくるみちゃんのお迎えを頼まれている日は、いつも先に保育園に行き、その後小学校の敷地内にある学童クラブへと回ることにしていた。

ただ厄介なことに、保育園と小学校の間には、とても大きな公園があった。くるみちゃんは小学校に向かう時、雨でも降らない限り一目散にこの公園の入口を目指して駆け出して行った。お目当ては、ブランコだった。

「おばあちゃーん、ブランコ乗っていいでしょ。ちょっとだけだから」

このちょっとだけが、くせ者だ。きみ子さんが渋ると、くるみちゃんはその場から動かなくなり、地面にうずくまってしまう。仕方なく公園の中に入ると、さっきまで泣いていたのが嘘みたいに元気になり、ブランコに向かって猛ダッシュする。しかし残念なことに先客がいることも多く、その時はブランコの鉄柱にしがみついて、恨めしそうな眼でじっと見詰め、離れない。見詰められる子どもは、いい迷惑だ。

だがひとたび自分が乗り始めると、勝手なもので今度は延々と乗り続ける。幸い人気のブランコはすぐに順番待ちの列が出来るため、さすがのくるみちゃんも無視し続けることが出来ず、次の子に渋々明け渡すことになる。

ブランコの次にお気に入りなのは、滑り台だった。上に登る手段は、階段と梯子の二通りあるが、交互に登っては滑り、登っては滑りを繰り返していると、あっという間に時間が経ってしまう。

「早く行かないと、お姉ちゃんのお迎えに間に合わないわよ」

この言葉を三回くらい繰り返して、やっと滑り台から離れるのだった。

きみ子さんは既に六十代になっていた。くるみちゃんを追い回すのは大変で、特に夏の日差しが強い日は、熱中症で倒れそうになったこともある。だが、そんなことは幼い子どもには分かるはずもなく、こっちの都合などお構いなしだった。

六　目が回る日々

この頃のまゆみさん夫婦は、医師にはありがちだが、揃って出勤時間が早い上に帰宅時間も決まっておらず、加えて当直で帰らない日や、休日の日直勤務もあった。子どもたちの世話が出来るかどうかは、その時になってみないと分からなかった。本当はきみ子さんが毎朝手伝いに行ければいいのだが、まゆみさんの家までは距離があるため、往復するだけでも大変だった。

そういう事情もあって、少し前からまゆみさんは度々シッターを頼むようになっていた。いつも頼んでいるのは、大手のシッター派遣会社なので、研修体制もしっかりしていたが、その分料金は高かった。頻繁に頼むと、まゆみさんの収入の大部分が飛んでしまう。これでは何のために働いているのか分からないが、子どもが幼い間はやむを得なかった。

だが、大変なのはお金の問題だけではなかった。他人を家に入れるには、部屋をそれなりに片付けておく必要がある。子どもたちは散らかすのが仕事みたいなものなので、片付けても片付けてもきりがない。夜になり、やっと二人が寝たと思っても、家事は山積み。とても家の中の片付けまでは手が回らない。その結果、自宅の中はおもちゃと洗濯物の山で、足の踏み場もない状態で、とても他人に見せられるようなものではなかった。

まゆみさんはシッターが来るようになってから、夜中までかかって片付け作業することが多くなった。仕事柄帰宅が遅いので、睡眠時間を削って奮闘した。それでもどうにもならない時は、自分たちの寝室のベッドの上に、子どもたちのガラクタや衣類を山積みにして、ドアをしっかりと閉め、一見片付いているように見せるしかなかった。だが、まゆみさんがシッターに寝室の中を見られないように工夫していても、子どもたちは平気でドアを開けて出入りする。結局のところ、シッターにはすべてバレバレだった。きみ子さんは一昔前の世代のせいか、そのことが気になって仕方がなかった。

ゴミの量も凄かった。料理や買い物に使える時間がほとんど無いので、出来合いの総菜やケータリングを日常的に利用する。きみ子さんがゴミ箱の中を覗くと、いつも使い捨ての大きなトレーやカップ、包装紙がぎゅうぎゅうに詰まっていた。頻繁にネット通販で買い物をするのも良くなかった。ネット通販を利用すると段ボール箱で届くことが多く、ゴミがうんざりするほど増えていく。玄関の周りには、いつも段ボール箱が山積みになっていた。ふと見ると、ダイレクトメールが捨てずに椅子の上に積み重ねてある。その中に時々、重要そうな手紙が交じっていることもあり、いつまで経っても開封していないとハラハラする。きみ子さんは発見する度に一番上に載せるようにしているが、まゆみさんは気付いているのかいないのか。

だが、問題は出るゴミの量だけではなかった。そもそも、ゴミが溜まってもそれを出す余裕が無いのだ。大規模マンションだからゴミ出し日は決まっておらず、好きな時に出せるのだが、昨今は分別が厳しい。ビン、缶、ペットボトルに、段ボール箱。包み紙やチラシなどの紙類は、ゴミとは別に束ねて出さなければならない。寝る時間も無いくらい忙しいのだから、考えただけで気が遠くなるのも分かる気がする。

きみ子さんは自分が行った時には、出来るだけ片付けやゴミ出しに協力するようにしていたが、やってもやってもすぐに元通りできりがなく、虚しくなるばかりだった。

シッターを頼んでいる共働き家庭は、いったいどうしているのだろう。家の中を片付ける暇もないような忙しい家庭は、頼むのを諦めるのだろうか。それとも、ごみ溜めのような部屋を見られても気にしないのか。シッターはごみ屋敷化を防ぐのには多少は役立つかもしれないが、きみ子さんは気になって仕方が無かった。

梅雨らしい雨もほとんど降らず、あっという間に夏が来た。

明日は学校の終業式だ。いよいよ夏休みが始まる。きみ子さんは夏生まれのせいもあって、ちょっと前までは夏が大好きだった。しかし今は、そんなのん気なことを言っている余裕はない。孫たちが一斉に休みに入るので、気合いを入れなければ到底乗り切れない季節の到来だった。

夏休みで重要なのは、何と言っても全員のスケジュール管理だ。娘たちの仕事に、孫たちの習い事や行事、夫の仕事のことも頭に入れておかなければならない。だがきみ子さんの年齢になると、これが結構難しい。頭に入り切らないので、取り敢えず手帳に書いてはみるが、複雑過ぎて、何が書いてあるのかよく分からなくなる。同じ日に複数の用事が重なる時は特に大変で、大きなチラシの裏を使って、時系列で、自分の出番や作業内容を詳しく書き出していく。必要に応じて矢印なども使って、図解することもある。孫たちが持ち帰った大量のプリント類も、重要参考資料として目の前に並ぶ。

まずさゆりさんのところのゆきちゃん。中学二年生になった今年は、七月にはサマースクール、要するに補習があり、八月には林間学校がある。部活も十日以上。その部活だが、よく見ると、午前中の場合と午後の場合がある。食事の面倒をみているきみ子さんの立場からすると、これがまたなかなか煩雑だ。

弟のこう君は、塾の夏期講習の合間に、小学生対象の社会科見学に参加する予定だ。最近は子育て支援なのか、そういう参加者募集のポスターをあちこちで目にするようになった。この費用は僅かなので、きみ子さんが援助してあげる予定だ。

今年の社会科見学は、千葉県銚子市の有名な醤油メーカーに行くらしい。昔、こう君のママもその工場を見学して、夏休みの自由研究のテーマにしたことがあった。その時はきみ子さんも一緒に行ったが、ずらりと並ぶ巨大な樽に圧倒されたのをよく覚えている。ママから思い出話を聞かされたこう君は、例年以上に楽しみにしている。

こうしたいろいろなイベントもあるが、ゆきちゃんとこう君は概ね、朝自分でスケジュールに合わせてそれぞれの活動の場所に行き、何もない時間は、きみ子さんの家に自転車でやって来て、過ごすことになる。例外もあるが、大体は昼食を食べてゴロゴロした後、夕方きみ子さんが、あゆみちゃん、くるみちゃんのお迎えのために家を出るのと同時に、自分たちの家へと帰って行く。

一方まゆみさんのところは、夏休み中も上のあゆみちゃんは学童クラブ、下のくるみちゃんは保育園に通うことになっていた。きみ子さんの出番はシッターが来ない日の早朝と、夕方から夜までが中心だったが、親の帰りが遅くなる時には夜中近くまで一緒にいることもあった。

こんな感じでさゆりさんとまゆみさんのところは時間差があり、大体は上手くいくのだが、さゆりさんも週に一、二回は残業で遅くなることがあった。そうなるとゆきちゃんとこう君二人の夕食が問題になる。そんな時はやむを得ず、きみ子さんの家で二人に留守番をさせ、その間にあゆみちゃんとくるみちゃんを電車で家まで連れてくることになる。きみ子さんは大変だが、孫たちはこれが楽しみで、嬉しくて仕方ないらしい。こうして全員一緒に賑やかに晩御飯を食べながら、それぞれのママがお迎えに来るのを待つ。そして場合によっては、そのまま きみ子さんの家にお泊まりして、夜遅くまで大騒ぎする。これも翌日に学校が無いからこそ出来る、夏休みならではのお楽しみの時間だった。

こんな感じで、夏休みは毎年猛烈に忙しく過ごしていたが、きみ子さんにとっても少しは楽しいことが無ければ、とてもやっていられない。その代表格は何と言っても、毎年恒例になっていた家族旅行だった。旅行の参加者はきみ子さん夫婦と、さゆりさんのところの三人。そしてまゆみさんのところは大介パパがたまに参加することがあったが、こちらも大体はまゆみさんと孫たちだけだった。

行先は、静岡県にあるリゾートホテルのことが多く、きみ子さんはここが一番のお気に入りだった。ホテルの目の前にはビーチが広がり、更にそのビーチとホテルとの間には大人用と子ども用のプールもあった。砂浜を通って行ったり来たりして、海とプールの両方を楽しむことが出来た。プールの脇には、アイスクリームとドリンクの売店もあり、孫たちには大人気だった。初めの頃一緒に行くのはさゆりさんたちだけだったが、やがてまゆみさんの所にも孫が生まれて参加するようになり、孫の数が三人、四人と増えていくにつれ、楽しみ方も変化していった。そしてきみ子さんにとっては、どの年も忘れがたい思い出で一杯になった。

皆に人気の海水浴だったが、きみ子さんの思い付きで、別の場所に行く年もあった。忘れられないのは、伊勢神宮だった。ただ正直に言うと、旅行当日は炎天下で、何故かきみ子さん一人が熱中症になり、折角遠路はるばる伊勢まで行ったのに、外宮を参拝しただけでダウンしてしまった。一番楽しみにしていた発案者本人が一人取り残され、内宮の鳥居近くのお休み処で、皆が戻ってくるのを待つという、情けないことになってしまった。

そしてあゆみちゃんが小学生になったこの年、二〇一八年の旅行は、きみ子さんの強い希望で黒部ダムに行くことになった。

実はきみ子さんは昔見た映画の影響で、若い頃から一度は黒部に行きたいと思っていたのだが、なかなか実現出来ずにいた。ところが立山黒部アルペンルートのトンネルを走るトロリーバスが翌年春に廃止されると、たまたま知ったきみ子さんは、居ても立っても居られなくなって、独断で夏旅行の行先を、黒部ダムに決めてしまった。海が大好きなゆきちゃんとこう君が、がっかりしてごねたのは言うまでもない。だが、結果的にはこの旅行は大成功だった。

初めてダムを間近に見たこう君は、

「すげぇ、すげぇ」を繰り返し、興奮が収まらなかった。

滝のように落ちてくる大量の水の音が、ドドドドドと響き渡り、その音の大きさに皆がその場に立ちすくんでしまうほどだった。水しぶきのことを聞いていたので、全員が予めレインコートを着ていたのだが、風と水の勢いで全身びしょ濡れになってしまった。

トロリーバスやトロッコ電車も全員初めてだったが、車窓から見える景色の雄大さに、吸い込まれそうな気がした。

きみ子さんが、

「たまには山もいいものでしょう?」と聞くと、

「うん、思っていたよりずっと良かった。楽しかったよ」

あれほど反対していたゆきちゃんも、ちょっと照れくさそうにそう答えた。

こうして長年の夢だった黒部旅行の夢がかなった。それも年寄りだけの旅行ではなく、中学生から幼児までの孫四人と、娘たち二人も一緒に行けたのだ。きみ子さんにとっては、最高の幸せだった。

こうした楽しい思い出の数々が、きみ子さんの日々の苦労を癒してくれていたのは間違い無かった。だからこそ、多少の不満があっても、何とかギリギリ頑張れていたのだろう。だがこの時は、まさか二年後にこの夏旅行が無くなるとは、思ってもいなかった。

夏休みが終わり、二学期が始まった。ゆきちゃんとこう君が昼間来ることも無くなり、急に家の中が静かになった。一抹の寂しさを感じながらも、ほっと一息ついたきみ子さんだが、突発的な事態が起きた時はそうもいかなかった。

十月のある日のことだ。その日は朝から雲一つない秋晴れで、きみ子さんはいつものようにヨーグルトと野菜中心の朝食を終えてから、二階のベランダに洗濯物を干し、まずまずの順調な滑り出しだった。その日の予定は元々、手術の執刀で遅くなるまゆみさんのために、夕食を作って届け、保育園と学童クラブのお迎えと、その後の世話をすることになっていた。さゆりさんの方は夕方には仕事から帰ってくるので、こっちの孫たちは少しの間自宅で留守番させれば、何とかなる。

きみ子さんはこの日も自転車を走らせ、午前中にスーパーと百円ショップでの買い物を済ませた。壁の時計を見ると、もう少しで正午だった。いつものように生協から届いた冷凍ピラフとインスタントスープの昼食を終え、テレビのニュースを見ながらほっと一息ついていると、突然スマートフォンが鳴った。さゆりさんからのメッセージだ。急いで見ると、職場で緊急事態発生。何時に帰れるか分からない、と書いてある。これはつまり、食べ盛りの中学生と小学生の夕食が無いことを意味していた。

一瞬思考が停止した後、きみ子さんの頭の中が再び回りだした。急きょ、さゆりさんとまゆみさんの両方の家の夕食を用意しなければならなくなった。両方合わせると大量だ。材料はあるのか。作れたとして、その後はどうする。頭に浮かんだのはこうだ。先にさゆりさんの家におかずを届け、テーブルの上に並べる。お米は洗って炊飯器に入れ、タイマーをセットしておく。その後にくるみちゃんの保育園に向かう。自転車のかごは、こんな時に備えて前も後ろも特大サイズなので、両方の食料を運ぼうと思えば運べる。

きみ子さんの夫の満夫さんが、夕方六時半には定年退職後の嘱託の仕事から帰ってくる。連絡しておけば、ゆきちゃんやこう君の様子を見に行ってもらうことも可能だろう。

そう思いながら、台所でおかず作りに取り掛かろうとしたら、再びスマートフォンが鳴った。電話は、くるみちゃんを預けている保育園からだった。

「くるみちゃんが、おなかが痛いと言っています。ママに電話しても出ないので、迎えに来ていただけませんか」

若い保育士の声だ。こんな時に限って、何故かいろいろなことが重なる。困ったものだ。一瞬焦ったが、そこは百戦錬磨のきみ子さんだ。こういう時は、背に腹は代えられない。

「今、外出先なので、戻るのに一時間半くらいかかります。お迎えはそれからになるので、それまで何とかよろしくお願いします」

こうなると嘘も方便だ。良心の呵責などとは言っていられない。だが保育園に迎えに行くとは言ったものの、さてどうしたものか。こうなったら作戦の練り直しだ。しかし夕食を作る時間が絶対的に足りない。

きみ子さんは急いで冷凍庫の中を覗く。すると奥の方に冷凍シュウマイを発見。袋ごと電子レンジで加熱調理して、取り敢えず愛用のエコバッグに入れる。更に生協の宅配で届いていたポテトサラダにキュウリの薄切りを加えて、量を増やし、タッパーに詰める。

きみ子さんは自転車の後ろのカゴに食料を入れると、片道二十分、西に向かってひた走り、手抜き料理をさゆりさんの家のテーブルにセット。お米をさっと洗い、炊飯器のタイマーも完了。そして今度は同じ道を戻り、自宅は素通りして反対方向に三十分走る。こういう時は「電車の見える公園」の芋虫には見向きもせず、ただ一目散に走り続ける。まゆみさんの家のおかずは、途中のスーパーで調達だ。さゆりさんのところの夕飯セッティング時間と、買い物時間を含めると、ジャスト一時間四十分。きみ子さんは、まゆみさんのマンションに取り敢えず荷物を置いて、素知らぬ顔で保育園に向かった。

「遅くなりました。くるみちゃんの具合はどうでしょうか」

「うんちしたら痛いのは治って、今寝ています。でも全く食べないので、このまま連れて帰っていただけますか」

そうですか、うんちですか。きみ子さんは心の中で呟くと、どっと疲れて体から力が抜けた。

こんなこともあった。

中学生のゆきちゃんは、暇があれば耳かきを使って耳をほじるのが好きだった。それもかなりゴリゴリと、力を入れていたらしい。ゴリゴリしている内に、耳の中に何故か大きな塊が出来た。邪魔に思ったゆきちゃんは、耳かきで引っ掛けて、この塊を取り除いた。するとトロトロと血が出てきた。慌ててティッシュペーパーで押さえると、血は止まったが、気が付くと再び塊のような物が耳の中に出来た。想像するに、それはかさぶたに違いない。ゆきちゃんは数日我慢したが、どうしてもその塊が邪魔で、気になって仕方ない。そこで、再び耳かきを引っ掛けて取り除いてしまった。

その翌日のことだった。学校の授業中に、猛烈な痛みに襲われた。座っていることも出来ないくらいの痛みで、ゆきちゃんは思わず立ち上がった。皆の視線が集まる。先生もビックリしたような目をしてゆきちゃんの方を見ている。

「先生、早退します」

「どうしたの」

「左の耳が痛くて、死にそうです」

「それは大変だ。早く帰って病院に行きなさい」

ゆきちゃんは急いで通学用のリュックサックに本やノートを押し込み、教室を出た。だがバスの中で冷静に考えてみれば、母親は仕事、弟は小学校なので、ゆきちゃんが頼れるのは祖母のきみ子さんしかいない。

そういう訳で、突然ゆきちゃんからきみ子さんに電話がかかってきた。ところが丁度その時、きみ子さんはまゆみさんの家にいた。

「おばあちゃん、耳が死ぬほど痛いの。先生が早く帰りなさいって。耳鼻科に行きたいんだけど、連れて行って」

「それは大変。でもね、今いるのは、あゆみちゃんとくるみちゃんの家なのよ。もうすぐあゆみちゃんが学校から帰ってくるし。今日は習い事の日だから、送って行かなきゃいけない。ゆきちゃんの家に行くのは無理。ごめんね」

「そっちの駅で途中下車するよ。そこにも耳鼻科、あるよね」

「保険証と医療証は持っているの？」

「持って無い」

「どこにあるか分かる？」

「分からない」

その頃の東京では、中学を卒業するまでは健康保険証と(子)医療証を持参すれば、医療費はかからなかった。だがそれらを窓口に提出することが出来ない場合は、当然医療費は全額負担だ。きみ子さんがバッグの中を確認すると、こんな時に限って財布の中には二千円しか入っていない。無保険で、家から離れた初めての診療所に行き、お金も払わず受診させてもらうのは、いくらなんでも不可能だ。

「とにかく自分の家に行って、保険証を探しなさい」

結局その日は、夕方遅くなってさゆりさんが帰宅するまで保険証は見つからず、ゆきちゃんは一晩中、耳の痛みで一睡も出来なかった。やむを得ず翌日も学校を休むことになり、きみ子さんが朝から世話することになった。まゆみさんの方は、幸い朝だけシッターを頼んである。きみ子さんは朝御飯を食べると自転車でさゆりさんの家に直行し、ゆきちゃんを耳鼻科診療所へ連れて行くことにした。

さゆりさんたちのマンションは、駅の北側の高台の上にあった。自転車をマンション前の駐輪場に止めると、きみ子さんは正面玄関を入った奥にあるエレベーターに駆け込んだ。目的の階に着くと、エレベーターのすぐ脇の部屋が、さゆりさんたちの自宅だった。ゆきちゃんは、玄関を入ってすぐ左の部屋で、ベッドの上にうずくまっていた。

「自転車乗れそうかな？」

「大丈夫。頑張る」

「耳鼻科は、駅の向こうまで行かないと無いから、少し我慢してね」

きみ子さんはゆきちゃんを従えて、自転車で目的地へと急ぐ。お目当ての耳鼻科診療所は、駅南口のファミリーレストランの裏にあった。診療所に入ると、待合室は順番待ちの人で混雑していた。

四十分ほど待ってやっと順番が来た。ゆきちゃんは、医者も呆れるくらいの傷だらけの耳だった。お叱りを受けながら治療してもらい、隣の調剤薬局で薬をもらってほっとしたところで、ふと腕時計を見るともう昼過ぎだった。途中のコンビニで焼肉弁当を買って帰り、ゆきちゃんに食べさせていると、あっという間に時間が経った。ぐずぐずしていると、あゆみちゃんとくるみちゃんのお迎えに間に合わない。こっちの二人は幼児と小学校低学年。放置する訳にはいかない。

「しばらく家で寝てなさい。もうすぐこう君が帰ってくるから、こう君と二人でママが帰るまで、何とか頑張りなさい」

そう言い残して、きみ子さんはまゆみさんの家に急いだ。いつもならば自宅から、西か東のどちらかに行けばいいのだが、たまにこういうことがあると、両方を足した距離を一気に自転車で走り抜けることになる。当然途中で、まゆみさんたちの夕食の食材も調達しなければならない。

きみ子さんのことを健脚だと褒める人がいるが、好き好んで健脚になった訳ではない。体力の限りを尽くし、目が回りそうになりながら、結果的には老体が鍛えられていくという、喜んでいいのか悲しんでいいのか分からない、そんなきみ子さんの日々だった。

年が明け、もうすぐきみ子さんの退職から七年が経とうとしていた。

四月になり孫たちは、ゆきちゃんが中学三年生でこう君は小学五年生になった。まゆみさんのところもあゆみちゃんは小学二年生で、妹のくるみちゃんも年中さんだ。幸いなことに、四人とも毎日元気に、学校や保育園に通っている。

この年の六月末、きみ子さんの五歳年上の夫である満夫さんが、定年後の再就職先も終了になった。その数か月後、既に支給されていた基礎年金に加え厚生年金も満額支給されるようになり、晴れて年金生活者になった。きみ子さんの方も、まだ六十五歳前だったが、制度移行の恩恵で、秋からはいくらかの共済年金が支給されるらしい。今までとは生活が一変したが、二人の年金を合わせれば、そこそこの生活が出来そうだった。

だが満夫さんは既に七十歳手前。認知症とまではいかないが、かなり物忘れがひどかった。何度説明してもすぐに同じことを聞いてくるので、きみ子さんはついイライラすることが多くなった。

「今日は六時四十分には出ないと間に合わないから、少し早いけど出る前に洗濯機回しておくね。干すのはお願い」

「分かった」

「しわくちゃのまま干さないで、よく伸ばしてね」

「いちいち言わなくても分かっている。うるさいなあ」

こうしてきみ子さんがいつものように自転車を走らせ、まゆみさんの家に着くと、既に娘夫婦は仕事に出た後だった。急いで孫たちを着替えさせ、二人が朝食を食べたか確認してから歯を磨かせる。小学校と保育園の方向は一緒なので、途中まで三人で話しながら行き、公園の角であゆみちゃんと別れる。その後くるみちゃんを保育園に送り届けると、再び自転車を飛ばして自宅に戻る。その日は途中で買い物をしたこともあり、家に着いた時には十時をちょっと過ぎていた。

きみ子さんは洗面所に直行し、使ったハンカチを洗濯機の中に入れようと、ふたを開けた。するとそこには、脱水が終わって丸まった状態の、大量の洗濯物がそのまま放置されていた。

「ちょっと来て。洗濯物、干してないじゃない」

二階に向かって大声で、満夫さんを呼ぶ。ドカドカと階段を下りる音。満夫さんは洗濯機の中を覗く。

「洗濯していたのか。それならそうと言ってくれれば、干してやったのに」

「言ったでしょ」

「嘘言うな」

毎度こんな調子だった。

そんな時に区役所から、「はつらつライフ手帳」なるものが送られてきた。読むと、家に籠りっきりになると物忘れが進行するらしい。一日一回以上は外出しなさい、とも書いてある。満夫さんはと見ると、家の中で音楽を聴くなど、一人でする趣味が大好きだ。心配になったきみ子さんは、満夫さんのボケ防止のために、シルバー人材センターに相談し、半ば強制的に登録させることにした。

だが満夫さんは仕事の選り好みが激しく、きみ子さんがこれはと思って勧めた仕事も、なかなか首を縦に振らない。ようやく仕事が決まった時には、秋になっていた。現在は週に数回、午後だけの短時間のアルバイトに行ってもらっているが、いつまで続くか分からない。

こんな感じで多少の問題はあるものの、満夫さんがフルタイムで働かなくなったことで、きみ子さんを取り巻く環境はかなり改善された。

それまでは、きみ子さんが一人で、孫たち四人の世話を一手に引き受けていた。娘たちの早朝出勤や残業に合わせて、東へ西へと行ったり来たり。まゆみさんの方は、きみ子さんがどうしても無理な時にはシッターを頼んでいたが、満夫さんの退職により、こうした生活が一変した。満夫さんにシッターの部分を担ってもらうことになったのだ。シッターが来なくなることで、前夜の片付け作業によるまゆみさんの睡眠不足も、かなり軽減されるはずだった。

ただ記憶力の減退著しい満夫さんなので、前の晩から詳細な行動メモを書いて手渡す必要があった。

「七時二十分まゆみマンション。七時五十分孫二人を連れて小学校と保育園に向かう。保育園の事務室に書類を提出する。手拭きタオルを保育室の前のラックに掛ける。連絡帳を部屋の入口横の箱に入れる……」

折角メモを作ってもすぐに紛失するので使い回しも出来ず、毎回毎回、同じような手順を書いて渡す。その点は煩わしく、いい加減に覚えろと思わないでもないが、それでも夫は貴重な戦力には違いなかった。

「ありがとう。これでシッター代払わなくて済む。助かるよ。感謝だね」

まゆみさんは大いに喜んだが、それは自分の父親ならばタダだという、現金な考えからだった。

この頃、くるみちゃんはまだ保育園の年中組だったが、早熟なのか口が達者で、ひら仮名もそれなりに書けるようになっていた。

そのくるみちゃんには、同じクラスに好きな男の子がいた。三月生まれなので、他の子どもと比べてかなり幼く、ちょっとボーッとした感じの子だったが、くるみちゃんのお熱は上がる一方だった。保育園からの帰り道では、周囲に聞こえるような大声で叫んでいた。

「けんとくーん、大きくなったらくるみちゃんと結婚するんだよ。絶対だからね」

その声は、道を歩いている大人が次々と振り返るくらい大きかった。周りには同じ保育園のママたちもいるから、くるみちゃんのけんと君へのお熱は、今や知る人ぞ知るだった。

今日もきみ子さんが保育園にくるみちゃんを迎えに行くと、ママたちが保育園の外で立ち話をしていた。きみ子さんがくるみちゃんの手を引いて保育園から出てくると、いつも遊んでいる目の前の大きな公園で、けんと君が一人ブランコに乗っていた。周囲を見回すと、けんと君のママはママ友とのおしゃべりに夢中だ。しばらくすると、けんと君はブランコから降りて、地面に足で絵を描きながら、退屈そうにママのおしゃべりが終わるのを待っていた。

その時だ。それまでじっとけんと君の様子をうかがっていたくるみちゃんが、走り出した。そしてけんと君の前に立ち、登園バッグから折り畳んだ紙を取り出した。その顔はこれ以上ないくらい真剣で、紙を両手で捧げ持って「はい」と手渡したのだった。けんと君はその紙を開き、不思議そうな顔をして、しばらくの間じっと見詰めていた。やがて首を傾げ、さっぱり分からないといった表情を浮かべると、せっかくくるみちゃんが渡した紙を、ポイッと地面に捨ててしまった。

その様子を見ていたきみ子さんは、とっさに駆け寄り、その紙を拾った。くるみちゃんの方を振り向くと、悲しそうな顔をしている。けんと君の方は、全く気にする様子もなく、自分の母親に抱き付いていた。

後で知ったことだが、その時点でまだ四歳だったけんと君は、字がほとんど読めず、書いてあることが分からなかったのだ。

きみ子さんはくるみちゃんが心配になったが、立ち直りも早いようで、「けんとくーん」と叫びながら、元気に鬼ごっこを始めた。

その日きみ子さんは、けんと君にあっさり捨てられたその紙を家に持ち帰り、悪いとは思いながらも読んでみた。それは、くるみちゃんが初めて書いたラブレターだった。

折り畳んだ紙の表面には、「だいすきなけんとくんへ」と書いてあり、ピンクのクレヨンで大きなハートマークが描かれていた。ところが中を開いてみると、そこには「このてがみは、ままにたのんでよんでもらってね」と、それだけ書かれていた。字の読めないけんと君への思いやりなのだろうが、これでは読んでもらっても、何を伝えたいのか分からないではないか。

そんなくるみちゃんだが、自分が逆子で生まれたことを、最近誰かから教えられ、その意味もよく分からないのにとても気にしている。きみ子さんにも何かというと、聞いてくる。

「くるみは何で、逆子で生まれたの。何でみんなと違うの」

他の子どもと自分が違っていることを、大人が思う以上に深刻に悩んでいるようだ。あまりに何度も何度も聞いてくるので、きみ子さんはしばし考えた。そしてこう説明することにした。

「それはね、くるみちゃんが、でんぐり返りが上手だからよ。保育園でマット運動するのも、とても上手でしょ。だからママのおなかの中でも、うまく出来るのを自慢したくて、くるりって回っちゃったのかもしれないね」

きみ子さんのこの作戦は、思った以上に成功したようだった。それ以来くるみちゃんは、すっかり元気を取り戻した。そして自信を持ったのか、マット運動の時間になると俄然張り切るようになった。

「私、逆子だから、クルリンパが得意なの」

きみ子さんの気のせいかもしれないが、クルリンパを自慢している時は、くるみちゃんのお団子のような丸い鼻が、少しだけ高くなるような気がした。そして驚いたことに、それから一年経つか経たないかの頃、通っているスイミングクラブでヨタヨタとクロールを始めたばかりのくるみちゃんは、先生のわずかな補助で見事に回転し、クイックターンらしきものに成功したのだった。孫は四人とも水泳が得意だったが、その中でもくるみちゃんの上達が一番早かった。

くるみちゃんの従兄のこう君は、五年生になっても相変わらず親切の大安売りを続けていた。

ある日のことだ、きみ子さんは友だちに手紙を出す必要があり、リビングルームの隅にある戸棚を開けた。そこには若い時から長年にわたって熱心に買い集めた、記念切手が沢山しまってあった。切手専用のストックブックに入れて大事に保管していたのだが、いつの間にか飽きて、収集を止めてしまっていた。しかし、そのまま放置しておくのはもったいない。そこである時期から、この切手を積極的に使うようになっていた。勿論昔の切手なので、現在の郵便料金とは違っている。十円切手や二円切手をその都度必要なだけ追加するのは手間だったが、綺麗な切手を使うのは楽しかった。また娘や孫たちが必要な時にも、可愛いデザインの切手をあげると喜ばれた。「まんが日本昔ばなし」や「国際子ども図書館」などの切手は特に人気があった。

話は少し逸れてしまったが、要するにこう君は、この素敵な切手の数々がどこに置いてあるかを、物心が付くか付かないかの頃から知っていたのだ。

今回久々にその記念切手を使おうと戸棚を開けたきみ子さんだったが、驚いたことに、そこにはストックブックが一冊も見当たらず、もぬけの殻だった。

その日は日曜日で、たまたま朝からこう君が来ていて、リビングルームで算数の宿題中だった。きみ子さんは、疑うのは良くないとは思ったが、念のために聞いてみた。

「ねえ、ここに切手が沢山あったの知っているよね。使おうと思ったら、全然無いの。どうしちゃったんだろう」

「それなら、友だちが欲しいって言ったから、あげちゃった。黙っていてごめん。初めはあげるつもりはなかったんだけど」

「えっ、どういうこと？」

「僕の親友がね、可愛い絵が描いてある切手を何枚も学校に持ってきて、自慢してたんだ。

それでね、僕のおばあちゃんの家にはもっときれいなのが沢山あるよって言ったら、皆が嘘だって言うんだもん。それで悔しくて、一杯あるところを見せてやりたくて、全部学校に持って行ったの。そしたらね、親友が『すごい、欲しい』って言うものだから、ケチだと思われたくなくてあげちゃったの。最近使ってなかったし、可愛いシールなら近くの文房具屋でも売っているから、おばあちゃんには僕のお小遣いで新しいの買ってあげようと思って」

小学校高学年にもなって、馬鹿か。今時の子は手紙のやり取りなどしないので、切手の価値が分かっていないのか。きみ子さんはそう思った。

「あのね、これは切手って言って、シールじゃないのよ。一枚一枚に数字が書いてあるでしょ。その数字の金額のお金と同じなの。八十って書いてあれば八十円。八十円が十枚だったら八百円。全部で何百枚もあったから、何万円ものお金をあげちゃったのと同じなのよ」

こう君の顔面が青ざめた。

「えーっ、そうなの？　ごめんなさい、ごめんなさい」

その翌日、こう君は学校で友だちに頼んだ。

「おばあちゃんの宝物だったんだって。ごめん、返して」

幸いにして、友だちの方も切手の価値が分かっておらず、無事に全部戻ってきた。きみ子さんは胸を撫で下ろしたが、似たようなことは他にもあった。

例えば保育園児のくるみちゃんはある日、友だちから、キラキラ光るおもちゃの指輪をもらった。お返しをしなくちゃと思ったくるみちゃんだが、適当な物が見つからない。くるみちゃんは困り、幼いなりに真剣に悩んだ。その時に思い出したのが、ママの化粧台の引き出しに入っていたブローチだった。キラキラした宝石が光っている。これならば友だちの指輪に負けない、そう思ったくるみちゃんは、早速その（本物の宝石付きの）ブローチをティッシュに包んで、保育園に持って行った。そして友だちの前で出して見せた。

危うく大事件になるところだったが、幸いその時は、保育園の先生が「本物」に気付いてびっくり。すぐにママに通報し、事なきを得たのだった。全く油断も隙もあったものではない。

こうした小さなトラブルは、考えると数えきれないくらいあり、ハラハラドキドキの連続だった。だがきみ子さんの心には、どれもこれも微笑ましい思い出として残っている。

きみ子さんは、こうした宝物のようなエピソードの数々を、いつか孫たちが大きくなった時に話して聞かせようと、今から楽しみにしているのだった。

PARTⅡ　ステイホーム

一　拡大する感染症

満夫さんの退職から半年が過ぎ、二〇二〇年になった。東京オリンピックが開催される年だ。日本中がオリンピックムードで盛り上がっていた。代表選手の選考会が次々と開催され、選ばれた選手の名前が新聞のスポーツ欄を大きく飾っていた。観戦チケットは前の年にはほぼ完売していて、抽選にことごとく外れたきみ子さんは、

「こう君がもうすぐ六年生で中学受験直前だから、オリンピック観戦みたいな気が散るようなことはしない方がいい」

などと、強がりを言っていた。

ところが二月になった頃から、世間の雲行きが徐々に怪しくなってきた。新型コロナウイルスという、耳慣れない病原体による世界的な感染拡大だ。

その兆しは徐々にやって来た。ある日の夕方、きみ子さんがこう君と一緒にさゆりさんの帰りを待っていると、さゆりさんからスマートフォンにメッセージが届いた。

「大変。マスクを買いまくっている人たちがいるらしい。都心だけじゃなくて、郊外でも」

その頃、マスクや消毒薬などの様々な衛生用品が、海外からの観光客の爆買いにより品薄になっていた。少し前からニュース番組で報道されていたので、きみ子さんも知っていた。しかしそれは、人出が多い都心だけのことだと思っていた。まさか、こんな郊外の住宅街にまで、衛生用品を求めて観光客が押し寄せることはないだろうと、油断していたのが良くなかった。

その日の夜自転車で自宅に戻る途中、きみ子さんは家の近くのドラッグストアの入口に、「マスク売り切れ」の貼り紙があるのを発見し、驚いた。そしてその日を境に、どこのドラッグストアの店内を探しても、マスクを見かけることは無くなった。

それまでは海外のニュースで見聞きするだけで、対岸の火事のような感覚のきみ子さんだったが、やがて国内でも新型コロナウイルスの感染が拡大していった。感染を防ぐにはマスクだと言われていたが、その肝心のマスクが手に入らない。きみ子さんの家には、運よく毎年インフルエンザ対策で買いだめしていたマスクがあったが、それも数が限られている。

不安が高まる中、二月末に予定されていた保育園の発表会が突然中止になった。まゆみさんはこの日のために医局で頭を下げ、苦労して休暇を取っていたが、その苦労が水の泡になってしまった。更に、あゆみちゃんの小学校の、創立五十周年記念の音楽会も中止になった。

そんな二月最後の木曜日、さゆりさんから突然電話がかかってきた。

「新型コロナウイルスのせいで、小学校が週明けの三月から休校になるって。どうすればいいの。私、仕事を休めない」

その時きみ子さんは、まゆみさんのマンションであゆみちゃんとくるみちゃんに晩御飯を食べさせていた。さゆりさんの言っていることがすぐには理解出来なかったが、取り敢えず落ち着くようにと伝え、電話を切った。

まゆみさんが帰宅したのは孫たちが寝入った後で、夜十時を過ぎていた。早速この情報を伝えたが、容態急変した入院患者への対応で疲れ切っていたまゆみさんは、ぽかんとして聞いているだけで、実感が湧かないようだった。

きみ子さんは、人通りもまばらな暗い夜道を家へと急いだ。

「ただいま。起きてる？」

満夫さんは既に寝ているらしい。急いで家に入りテレビをつけると、画面には内閣総理

大臣がアップで映り、

「全国の小中高校に対して来週の月曜日から春休みまでの休校を要請します」

と言っていた。この時、さゆりさんは病院に栄養士として転職してから、まだ二年ちょっとしか経っていなかった。

まゆみさんの方もようやく事態の深刻さに気付いたようだったが、保育園と学童クラブは継続するとニュースで言っていたので、それほど切迫感はなかった。更に年金暮らしのきみ子さんの夫はのんきなもので、完全に熟睡していて、ニュース自体に気付いていなかった。

翌日、きみ子さんは午前中に近くの眼科医院へと出掛けた。中に入ると、待合室には十人ほどの人が座っていた。壁に掛かっているテレビからは、昨晩内閣総理大臣が全国に要請した、学校一斉休校のニュースが流れていた。子持ちだという女性キャスターが、盛んに行き場が無くなる子どもたちのことを心配していた。コメンテーターの口からは、在宅勤務だとかサテライトオフィスの活用といった聞き慣れない言葉がポンポンと飛び出した。しかし事務職場ならばそれでもいいだろうが、きみ子さんの娘たちのように、医療現場で働く人たちはどうすればいいのだろう。感染拡大ということなので、今まで以上に仕事が忙しく、家にも帰れなくなりそうだ。不安が少しずつ現実のものとなって、迫ってきた。

二月の最終日は土曜日だった。この日、さゆりさんとまゆみさんはいつものように仕事だった。五年生のこう君は、朝早くから自転車に乗って、一人できみ子さんの家にやって来た。家に入ると二階の和室に直行し、ほんの少し宿題をしたかと思うと、ほとんどは寝そべって過ごしていた。

まゆみさんの方の孫たちは、こう君が二階でゴロゴロしている間に、きみ子さんが電車に乗って迎えに行った。あと少しで年長クラスと三年生になる二人は、パパママが出勤した後も、少しの間ならば二人きりで留守番出来るようになっており、きみ子さんは大いに助かっていた。

「来たよ」

「おばあちゃん、怪しい格好している。パッと見た時、誰だか分からなかったよ」

マンションの玄関ドアを開けて、顔を合わせた瞬間に、くるみちゃんにそう言われてしまった。帽子を被り、白内障予防のための大きなサングラスをかけて、マスクで顔の下半分を覆ったきみ子さんは、別に新型コロナウイルスを意識した訳ではなかったが、どう見ても完全防備の怪しい高齢者だった。

「一緒に歩いていたら、私たちまで怪しく見えちゃうよ」

「もうちょっと何とかならないの、その格好」

しばし抵抗されたが、結局その怪しい格好のままで、きみ子さんは孫二人を連れて電車に乗り、こう君が待つ家に戻った。

皆でいつものようにラーメンの昼食を食べた後、一時間ほど休憩してから、こう君は一人で自転車に乗って塾へと向かった。塾の授業は夕方まであり、終わった後は直接自分のマンションに帰ると言っていた。

夕方六時半、まゆみさんが病院から車を飛ばして、あゆみちゃんとくるみちゃんを迎えに来た。きみ子さんが用意した夕食を皆で食べていると、さゆりさんからスマートフォンに連絡が入った。そこには、塾が明日から二週間休みになると書いてあった。

まゆみさんのスマートフォンも、引っ切り無しに鳴っていた。結局その日の内に、孫たちの全ての習い事が二週間休みになった。

国の方針では、保育園や学童クラブは休業の対象外になっていた。その一方で矛盾するようだが、感染防止のために出来る限りの登園自粛が要請された。まゆみさんとその夫の大介君は医療従事者なので、本来ならば最優先で預かってもらえるはずだった。だがまゆみさんたちは、新型コロナウイルスに対応するようになってから、朝が極端に早い上に帰りも遅くなっていた。保育園や学童クラブに行っても、親がいつ帰ってくるか分からないでは、不安で仕方ない。一方で、きみ子さんは、長女のところのこう君の面倒も見なければならない。いくら夫の満夫さんと分担しても、朝と夕方の二回、送迎のためにまゆみさんたちの住む地域まで往復するのはきつかった。

そう思っていたところ、あゆみちゃんが世話になっている学童クラブから、感染防止のために利用は出来るだけ自粛して欲しいとメールが来た。いろいろ迷ったが、結局あゆみちゃんたち二人を毎朝きみ子さんの家に連れてきて、毎朝やって来るこう君と一緒に、親が帰ってくるまでまとめて面倒を見ることにした。

休校になってから十日が過ぎた。その日きみ子さんは夜寝る前に、あゆみちゃんの小学校のホームページを覗いてみた。すると、「お休み中の宿題」というのが載っているではないか。まゆみさんは、宿題は出ていないと言っていたはずだ。これはどういうことだ。きっと仕事で忙し過ぎて、いつものように見落としたに違いない。宿題は休校直前に出たものも含めて二週間分たまっている。膨大な量だ。どうしたらいいのか。

きみ子さんはスマートフォンでまゆみさんと大介君に、この宿題についての情報を送った。するとしばらくして、まゆみさんから電話があった。泣いている。自分の息子から情報を仕入れたのか、お姑さんから「母親失格」と、責められたらしい。まゆみさんは「離婚してやる」と、いつものようにわめいている。きみ子さんは、彼女の気が済むまでわめかせて、ひたすらその聞き役に回った。

「お母さんが宿題に気付かなかったら、私が責められることはなかったのに。何で余計なことするのよ」

ちょっと待て、それは違うでしょ。気付かなかったら、もっと大変なことになっていたはず。きみ子さんは心の中でそう呟きながらも、グッとこらえて、まゆみさんの暴言に耐え続けた。ここで反論すると、火に油を注ぐようなものだ。こういう時は、嵐が過ぎ去るのを待つに限る。

三月も後半に入った。この日も保育園児、小学二年生、小学五年生の三人が、きみ子さんの家に朝から集結していた。

ステイホームという言葉が、盛んに口にされるようになっていた。だが、大人は買い物などの用事を理由に、時々外に出ることが出来たが、子どもたちの外出制限は徹底されていた。一番の居場所である保育園と小学校に通えないことが、彼らの大きなストレスになっていた。

きみ子さんにとって、孫は可愛い。しかしながら毎日毎日、エネルギーが有り余っている幼い子どもたちを預かるのは大変で、次々と発生する不測の事態への対応も求められた。例えばこの日は、子どもたち三人が朝から折り紙やお絵かきをしていた。折り紙はすぐに無くなるので、五百枚入りの徳用を用意してあった。それを子どもたちは次から次へと、折ったり切ったり折ったり切ったり。気が付くと、壁や家具にセロハンテープで作品が貼り付けてある。どれもそれなりに工夫を凝らした作品なので、きみ子さんは内心迷惑だったが、勝手に取って捨てるのは勿体ない気がする。お絵かき帳は百円ショップで一人一冊ずつ用意したが、あっと言う間に数日で使い切ってしまった。

リビングルームでの図画工作に飽きると、誰かが部屋の中にある階段を上ったり下りたり上ったり下りたり。他の二人もそれに続く。時々階段の上から、何かが降ってくる。拾い上げると、随分前に紛失した本だったりする。どこで見つけたのだろう。と言うか、どの部屋に、どこまで入り込んで、何を引っ張り出しているのか。

本当は、出来るだけ自由に遊ばせてあげたいと、きみ子さんは思っているのだが、こう君はもうすぐ六年生。遊んでばかりもいられない。何より、長女の雷が落ちると激震だ。ということで、一通り遊んでストレス解消した頃を見計らい、こう君には二階の和室で算数の宿題に取り組むように指令を出す。残りの二人は、一階のリビングルームでステイルームだ。

そのつもりだったが、保育園児のくるみちゃんは、小さな体でうまく人の目をかいくぐり、こっそり二階へと侵入する。まるで猫のようだ。気が付くとこう君の横でひたすらジャンプしたり、走り回ったり。元気の塊で、阻止したくても不可能に近い。

お昼御飯の時間になった。今日は定番のラーメンだ。健康のためにキャベツ、人参、ピーマン、豚肉を使って大量の野菜炒めを作る。茹で上がったラーメンをスープの入った丼に移し、その上に野菜炒めをたっぷり乗せて出来上がりだ。

丼をテーブルの上に並べると、自分たちで決めた当番がある。レンゲ係、海苔係、胡椒係。くるみちゃんも、こう君の指示に素直に従い、食器棚からレンゲを取り出して皆に配って歩く。そしていつものように大きな声で「いただきます」を言うと、にぎやかにラーメンを食べ始める。

昼食が済むと、こう君が塾に行く時間だ。塾は分散方式で、小グループ毎に時間をずらした対面授業が、最近再開したばかりだ。

「行ってらっしゃい」

「こう君頑張れ。くるみちゃんが応援してるからね。バイバーイ」

やっと一人抜けた。多少は静かになるといいのだが。

こうして学校休校という想定外の事態の中で、きみ子さんは日々奮闘していた。だがここで、重要な登場人物が欠けていることに気付いた人もいるのではなかろうか。そう、それは思春期真っ盛りのもうすぐ高校生、ゆきちゃんだ。この大変な時に、彼女はどこで何をしているのか。

実はゆきちゃんは、中学校の国際交流プログラムに参加して、南半球のニュージーランドに三か月の予定で短期留学中だった。よりによってこの時期に、だ。

細かい経緯は省略するとして、その頃ニュージーランド政府は国際線の運航を制限していた。当然日本発着の便も減便に次ぐ減便。おいそれとは帰国出来ない。ゆきちゃんは、一度はオーストラリアのシドニー経由の便が手配出来ていた。しかしそれも、直前になって欠航が決まってしまった。下手するとこのまま帰国出来ず、ニュージーランドに居続ける恐れもあった。ただでさえ毎日面倒なことだらけなのに、きみ子さんの周辺では、どうしてこんなに色々なことが起きるのだろう。

こうしてきみ子さんが深刻に悩んでいたところ、突然当の本人からスマートフォンにメッセージが届いた。

「びっくりだよ。ニュージーランドの人たちってマスクを知らないみたい。ホストファミリーの家族全員が、見たことないって」

そう書いてある。こっちはこんなに心配しているのに、暢気なものだ。きみ子さんは返事の代わりに、びっくりスタンプを送信した。

すると再びメッセージが来た。

「テレビのニュースでマスクをしましょうって言っていた。そうしたら現地人の男の子が、防毒マスクをして学校に来た。顔全体を覆う、水中めがねみたいなのが付いているやつ。私が思わず笑ったら、『マスクってこれのことじゃないの?』って、不思議そうな顔で質問されたよ」

ニュージーランドの中でも相当な田舎だからかもしれないが、そういう国もあるのだ。きみ子さんは驚いた。それを考えると、昔からマスクを使っている日本は立派なものだ。ちょっと自慢したくなったが、これからはこういうマスクに無縁だった国の人たちも、マスク姿が日常になるのだろう。

それにしても、スマートフォンのアプリの進化は凄い。遠くの国にいても国内と同じように、瞬時にメッセージのやり取りが出来る。便利な世の中になったものだ。ゆきちゃんと連絡を取り合っていると、留学中だということを忘れてしまいそうになる。昔人間のきみ子さんにとっては、何だか不思議な感覚だった。

だがそうこうする内に、何度目かの正直で、ゆきちゃんの帰国予定日が確定した。今度は、日本の航空会社が日本人の帰国のために用意した航空機なので、まず間違いないだろう。母親のさゆりさんは早朝到着に合わせて、前日夜から羽田空港で待機することになった。一方こう君の方は、きみ子さんの家にお泊まりしてゆきちゃんの帰りを待つことになった。

　不安な日々が続いた後、ようやくゆきちゃんの、今度こその帰国予定日がやって来た。その日きみ子さんは、朝四時半に目が覚めた。前日の夜中にさゆりさんから、飛行機が無事に離陸して日本に向かっていると連絡を受けていたが、落ち着かなかった。

　ところが五時到着の予定が、六時になっても連絡がない。心配でそわそわしていると、満夫さんがきみ子さんに代わり、あゆみちゃんとくるみちゃんの二人を迎えに行ってくれた。

「それじゃあ、行ってくる」

「ありがとう。よろしくね」

　満夫さんを見送った丁度その時、スマートフォンが鳴った。見ると、ゆきちゃんの疲れてヨレヨレになった姿が、そこに写っていた。真夏の南半球から、いきなりまだ肌寒い日本へと戻ってきたゆきちゃんは、多分現地で買ったのだろう、だぶだぶのピンクのTシャツに、しわだらけで袴のように広がったソフトデニムのズボンをはいていた。

　ほっとしたきみ子さんは、体から力が抜けていくのを感じた。だが、のんびりしてはいられない。今日は、こう君の小学校の終業式だ。きみ子さんは、急いでこう君が寝ている二階へと駆け上がった。

「お姉ちゃんが帰ってきたよ。起きなさい」

こう君をたたき起こし、一緒に一階に下りた。半分寝ぼけているこう君に、手作りのホットドッグを食べさせる。

「小学校の近くの駅まで送って行こうか？」

「いいよ、自分で切符買って行ける」

「じゃあ、すぐそこの駅まで一緒に行こう」

玄関に鍵をかけ、歩き始めてしばらくすると、突然こう君が言った。

「やっぱり一緒に来て」

結局きみ子さんは一駅だけ電車に乗り、こう君の小学校近くまで付いて行った。そして帰りの電車賃を渡し、失くさないように何度も言い聞かせて、再び駅に向かった。

家に戻る途中、さゆりさんから再び写真が送られてきた。見ると、大きな桜の木の下に立つゆきちゃんだった。

きみ子さんが家に戻ると、あゆみちゃんとくるみちゃんが、ちょうど着いたところだった。こう君もすぐに戻るはずだ。こう君の学校の今日の終業式は、新型コロナウイルスの影響で、四十分間限定と決まっていた。通信簿を渡されるだけで、友だちとゆっくりしゃべる時間も無い。きみ子さんは、何だか可哀想な気がした。多分これからも当分の間は、友だちと顔を合わせる機会は無いのだろう。

程なく戻ったこう君は、先生からいろいろと注意事項を言い渡されたのか、外で遊びたいとも言わず、珍しく家の中でおとなしくしていた。

夕方五時半。玄関のチャイムが鳴った。きみ子さんがドアを開けると、そこには二か月半ぶりに会うゆきちゃんが、恥ずかしそうな顔をして立っていた。真夏の国から帰ってきただけあって、真っ黒に日焼けしていて、春になったばかりの日本にいるとかなり違和感があった。

その日は、まゆみさんも駆け付けて、ゆきちゃんの帰国祝いをした。国の方針では、親族だけであっても人が集まっての食事会は避けるようにということだったので、多少後ろめたい気持ちもあったが、その時はゆきちゃん帰国の喜びが勝ってしまっていた。

テーブルの上にはいつものように、ゆきちゃんの大好きな手巻き寿司の具材が大量に並んだ。ゆきちゃんは待っていましたとばかりに海苔の上に酢飯を広げ、大好物のサーモンとイクラを乗せてクルクル巻くと、凄い勢いで食べ始めた。時々マグロのトロや甘海老にも箸を伸ばし、ひたすら食べ続けていた。お腹が一杯になると、ようやくニュージーランドでの生活を語り始めた。

「学校に持っていくお弁当はね、毎日果物ばっかりだったよ。それが普通みたいで。冷蔵庫に入っている果物を、好きに食べていいって言われていたから、袋に詰めて持って行ったけど、結構この果物弁当にはまっちゃった」

「パンとかは無いの？」

「そこの家には無かった。果物ばっかり。クラスの子たちも、果物だけとか、パンだけとか。それも日本みたいな総菜パンじゃなくて、本当にパンだけだった。ジャムとかピーナツバターを付ける子はいたけど」

この話が本当ならば、日本のお弁当とはえらい違いだ。大昔の日本では、おにぎりだけとか、おかず無しの日の丸弁当が普通だったと言うが、それと同じ感覚なのだろうか。

「その果物弁当を持って、毎日片道四十分もかけて、歩いて通ったんだよ。ものすごく頑張ったんだから。偉いでしょ、褒めて」

「褒める褒める。でもそれって、ちょっと遠過ぎない？」

「向こうの中学生にとっては普通みたいだよ。私がホームステイしていた家は、近くにバスが通っていなかったし」

日本でも大昔の農村の子どもたちは、きっとこんな感じだったに違いないが、あの軟弱なゆきちゃんがよく弱音を吐かなかったものだ。きみ子さんは感心してしまった。

「家から初めの十分位はずっと上り坂で、毎日山登りしているみたいだったけど、ダイエットのためのトレーニングだと思えばどうってことなかったよ。きつかったのはその先の下り坂だね。脚がガクガクしてくるし、勢いが付いて転げ落ちそうになる感じだった。何とかそこを無事通り過ぎると遠くに町が見えてきて、そのずっと先の、町の外れに学校があった」

「一緒に行く友だちはいなかったの？」

「日本で一緒のクラスだった金太がいた」

金太君は、中学校に入学したばかりの頃、ゆきちゃんの隣の席だった男の子だ。金太は、小学校時代からのあだ名の金太郎の略称で、きみ子さんは彼の本名を知らなかった。小柄で丸々としているが、見かけよりも結構力持ちらしい。彼はこのあだ名を気に入っていて、皆も金太、金太と呼んで仲良くしていた。

ゆきちゃんの話によると、金太君のホームステイ先は、通学路の途中にある薄暗い森の奥だった。何度か友だちと遊びに行ったらしいが、ホラー映画に出てくる妖怪の屋敷みたいだったと、ゆきちゃんは興奮しながら説明してくれた。

「どこかで見た事があると思ったら、吸血鬼が住んでいる古くて薄暗い、石造りの洋館。あんな感じ」

「それは怖いね。男の子だから我慢出来たのかもしれないけど、ゆきちゃんだったら、一日で逃げ出しただろうね」

ゆきちゃんは、留学先の学校が今日から学校閉鎖になったことや、もう少し帰国が遅れていたら、日本に向かう飛行機は運航停止のまま再開の目途が立たず、危機一髪だったことなどを、興奮気味に話してくれた。

やがてリラックスしたのか、中高生ならではの言葉が、ポンポンとゆきちゃんの口から飛び出してきた。

「あっちの学校、日本と違って毎時間教室が変わるの。びっくりしたよ。私が選んだ授業は、女の子が二人しかいなくて寂しかったけど、終わるとイツメンが教室の前に迎えに来てくれた。イツメンとは、ウェリントンの街にも遊びに行ったよ」

「今どきの女子中学生だよね。イツメンって、いつものメンバーのことでしょ」

まゆみさんがフォローする。彼女は気持ちだけは、ゆきちゃん並みに若いつもりだ。

「違うよ、いつものメンツ」

どっちでも同じようなものだと思うが、中高生的には、メンツの方がいいらしい。ゆきちゃんはまじめな顔をして反論している。だがこんなことを言い合って、皆で騒げるのは平和な証拠だ。こうして再び孫たち娘たち全員が集まった様子を眺めながら、きみ子さんはほっと胸を撫で下ろし、全身の力が抜けていくのを感じていた。

次の日曜日は五月並みの暖かさだった。さゆりさんはこの日も朝から仕事で、ゆきちゃんとこう君は、ママの出勤に合わせ、自転車に乗って仲良くきみ子さんの家にやって来た。外は既に桜が満開だった。お茶を飲んで一息入れると、きみ子さんは二人を連れて、近くの公園へとお花見に出かけることにした。

家の裏の細くてくねくね曲がる道を皆で歩いて行き、やがて広い道に出ると、右手に児童公園の入口がある。きみ子さんの娘たちが子どもの頃に、よく一緒に来た公園だ。新型コロナウイルスのために、例年のような人出は見られなかったが、桜を眺めながら公園の中を通り過ぎて行く人が、ちらほら目に入った。

桜の木の下で、ゆきちゃんが乗るブランコが大きく揺れている。このブランコに乗った娘たちを、そして孫たちを、きみ子さんはずっと昔から何度も何度も眺めてきた。そして今は、ゆきちゃんがこうして無事に日本に戻ってきて、同じブランコに乗っている。体の中からじんわり温かいものが染み出てくるような、そんな幸せを噛みしめるきみ子さんだった。

三月最後の日曜日、この日もきみ子さんの家には朝から四人の孫が集結していた。その日は、未明から降っていた雨が朝九時頃には雪になった。四月まであと三日だと言うのに、季節外れの大雪だ。二階の窓から覗くと、裏の家の屋根が真っ白に覆われていた。昼過ぎ、きみ子さんは雪が止んだのを見計らって、孫たちを外に連れ出した。満開の桜の木の下に皆を並ばせて写真を撮ると、桜の周りは一面の銀世界だ。雪がパラついている中での桜は過去にもあったが、ここまでの見事な雪景色は初めてだった。きみ子さんが見とれていると、孫たちが早速雪合戦を始めた。真夏の南半球から帰国したばかりのゆきちゃんも、手が痛い痛いと言いながら懸命に雪を丸めている。

孫たちが無邪気に遊ぶ姿を見ていると、きみ子さんも、もうひと踏ん張り頑張ろうかと、思えてくるのだった。

二　医療従事者の子どもたち

新型コロナウイルスの感染拡大は止まらなかった。そうした中で、夏に開催予定だった東京オリンピックの延期がようやく正式に決定した。選手のことを考えると、きみ子さんは延期でもいいから何とか開催にこぎ着けて欲しいと思っていたが、世間では「何故中止にしない」との意見が声高に叫ばれていた。

帰国したばかりのゆきちゃんの中学校の卒業式は、卒業証書を渡されるだけの簡素なものになった。弟のこう君と、従妹のあゆみちゃんも、いつの間にか春休みへと突入していた。それまでもずっと休みだったので、今日から春休みと言われても、何だか実感が湧かない様子だった。

その一方でこの頃から、娘たちの帰宅は今まで以上に遅くなっていった。それでもさゆりさんは夜八時頃には帰宅していたが、二年前に国立病院に転職していたまゆみさんの方は、夜十時過ぎるのはいつものことで、十一時を回ることも増えていた。聞くと、自分の科は直接の感染症担当ではないが、新型コロナ病棟に応援を出しているので人手が足りないのだと言う。上司が率先して応援に行っているようだが、逆に新型コロナ以外の患者対応には残された数少ない者だけで当たらなければならず、仕事は相当にきついようだった。まゆみさんの顔色は、目に見えて青白くなっていった。食事をする時間も満足に取れないのか、痩せてしわも増え、急に老け込んだように見えた。相変わらず大学病院勤務の大介君に至っては、病院に寝泊まりすることが多すぎて、この前顔を合わせたのがいつだったか、思い出せないくらいだった。救急対応に追われるため、毎日朝昼晩と病院の売店で売っているパンで食事を済ませ、たまに差し入れられる仕出し弁当が、唯一のまともな食事だった。

親がこんな状態なので、あゆみちゃんとくるみちゃんも夜マンションに帰らず、そのまままきみ子さんの家の二階にお泊まりする日が増えていった。

そうこうする内に、まゆみさんは日直と言って、日曜日の病棟での仕事も今まで以上に多くなり、考えてみると一週間全く休みなしで働いている。はっきりとは言わなかったが、日直の時はＰＣＲ検査も担当しているらしかった。大介君の方も似たような状況だったが、先日珍しく夫婦揃って夕食を食べに来た時に、ＰＣＲ検査時の綿棒の挿入の角度や、挿入しておく秒数などについて、熱心に意見交換をしていた。

ほぼ連日のように孫たちが自宅に集結するようになって、きみ子さんの置かれた状況も今まで以上に切迫してきた。特に問題になるのは食事で、皆の食欲を満たすために、一度に大量の料理を作る必要に迫られた。

例えば皆が好物の麻婆豆腐などは、豆腐を六丁は使う。挽肉を炒めるところから始める自己流だが、特大中華鍋を使うようになった。またクリームシチューを作る時は、お代わりが多いのでルーを二箱使い、ジャガイモを規定量の四倍くらい入れて量を増やすようにした。まるで給食調理のおばさんになったような気分だった。

孫四人に自分と夫。更に娘たちが、お迎えのついでに食べて帰ることもある。皆大食いなので、総勢七人から八人分の食事を用意するのは重労働だ。

ついでに言うと、夕食の支度はただ単に作るだけではない。材料調達の手間も忘れてはならなかった。

実はきみ子さんは三十年来、生協の宅配を利用してきた。かつてはフルタイムで働いていたので、仕事帰りに買い物をする余裕がなかったからだ。その生協は、娘たちが食べ盛りの中学生になった頃には、二か所に増えていた。娘たちが巣立った後、解約しようと思っていたのだが、その矢先に孫が生まれたこともあり、結局現在でも週に二回、それぞれの生協から食料品が届いている。

ところが新型コロナウイルスで皆が朝から集合するようになると、生協二つでも間に合わなくなった。更に困ったことに、外出を控える人たちによる注文殺到とかで毎回欠品があり、しばしば買い物の予定が狂った。そこでやむを得ず、二日に一度は足りない食材を買い出しに行くことになった。きみ子さんの電動アシスト自転車は、前と後ろの両方に、かなり大きなカゴが付いているが、このカゴが毎回あふれそうになるのだから、相当な量だ。

孫たちは朝から食欲旺盛で、おまけに牛乳をがぶ飲みする。孫四人ときみ子さん夫婦で、一リットル入りの牛乳パックが毎日三本は空になる。昼は麺類が中心だが、きみ子さん夫婦の分も入れて六玉用意するとなると、とにかく量が半端ではない。晩御飯も、今までお米は夫婦二人で一合炊けば十分だったのに、今では毎日三合から四合炊く。おかずは、孫たち皆がそれぞれに好みがあり、あれは嫌、これは嫌と、わがまま放題。加えてアレルギーとかいろいろあるから、無理に食べさせるわけにもいかず、一苦労だ。

そんな訳で、ある日の買い物の内容は、豚ひき肉八百グラム、豚小間切れ肉一キログラム、キャベツ大玉二個、牛乳六本に根菜などなど。それらを自転車に乗せるのだが、あまりの重さに、駐輪場から自転車を引き出す時に、倒れそうになることもある。帰宅してから試しに、体重計に乗せて重さを量ってみたところ、パンパンに膨れた三つのエコバッグがそれぞれ四十一キロ、四十七キロ、十七キロで、合計百五キログラムもあった。玉ねぎやジャガイモが重いとは言っても、これは驚異的だ。

出費も相当なものだった。必然的に安売りを求めて、数か所のスーパーをはしごする。家に帰る頃にはくたくただ。少し買い過ぎでは、との声もあるだろうが、孫たちが四人も来ていると、急に買い物に行けなくなることもあり、ある程度の買いだめも必要だった。

いくら何でも、高齢者をこき使い過ぎではないか。一度まゆみさんにこぼしたことがあったが、

「若々しいから、高齢者には見えないよ。元気で良かったね」と、返事が来た。

きみ子さんは一瞬ムッとした。だが冷静に考えると、買い物のために自転車で外を走ること自体は、家に籠っているよりもストレス解消になり、快適な気がした。そういうこともあって、ついつい「まぁいいか」と思ってしまうところが、きみ子さんの困った癖だっ

た。

さて買い物の中身の話に戻るが、孫たちの昼食には、どういう訳か豚骨ラーメンが人気だった。中でもこだわりが強かったのは、一番上のゆきちゃんだった。別に無視しても構わないのだが、ニュージーランドで苦労してきたゆきちゃんには、好きな物を好きなだけ食べさせてあげたかった。そういう気持ちもあって、冷蔵庫には豚骨ラーメンが常備されるようになった。

たかが豚骨ラーメンと言っても、それがほぼ毎日となると大変なことだ。一袋二人前として、きみ子さんと夫の分も含めると三袋が必要になる。しかも最近気が付いたのだが、新型コロナウイルスが騒がれるようになってから、きみ子さんの自宅周辺のスーパーでは、何故か豚骨ラーメンが品薄になり、遂には棚から消えてしまうこともあった。やむなくきみ子さんは、豚骨探しのために、今まで以上に多くの店をはしごするようになった。それも獲得目標は三袋だ。いくら自転車とは言っても、孫が我が家に集合している最中に、毎回お店巡りも出来ない。そのため、二回分の六袋、多いときは三回分の九袋を買うこともあった。

ある日の大型ショッピングセンターの食品売り場では、山積みの醤油ラーメンの脇に、豚骨ラーメンだけは残り七袋。その内の六袋をわしづかみにしてかごに入れるきみ子さん。七袋全部を取らなかったのは、きみ子さんのせめてもの良心だが、事情を知らない人からは、豚骨買い占めばあさんとして、白い目で見られていたかもしれない。

そんなこんなで、きみ子さんの疲労は増すばかりだった。だが本当のことを言うと、きみ子さんにとって一番苦痛だったのは、昼食が連日のようにラーメンだったことだ。孫たちは、何で食べ飽きないのだろうか。不思議で仕方ないのだが、焼きそばやカレーうどんを提案しても、必ず却下されるのだ。

その一方で感染を極度に恐れる満夫さんは、いつの頃からか皆が食べ終わったのを見計らって二階からこそこそ下りてきて、台所で一人勝手に好きな物を食べるようになっていた。気楽なものだが、孫たちのお世話係であるきみ子さんは、そういう訳にもいかない。必然的に孫たちと同じ物を食べることになる。このラーメン攻めの日々は、一体いつまで続くのだろう。

きみ子さんは愚痴の一つも言ってみたいと思っているのだが、日々新型コロナウイルスと戦っている医療従事者の娘たちが、「私も感染して死ぬかもしれない」などと真顔で言うのを聞いていると、何も言えなくなってしまう。コロナ戦士は、支える側も大変なのだ。

四月に入って一週間が経とうとしていた。

「大変だよ。明日、緊急事態宣言が出されるらしいよ。アナウンサーがニュースで言っているよ」

今までテレビと言えば、アニメ、ドラマ、バラエティ、たまにスポーツ中継だけのこう君だったが、最近は熱心にニュースを見るようになっていた。

「六年生になるのだから、ニュースくらい見ないと馬鹿になるよ」と以前、注意したことがあったが、いくら言っても全く効き目が無かった。それが今ではニュースにくぎ付けだ。子どもの意識改革に与える、新型コロナウイルスの威力は絶大だった。

ニュースの話をしていた翌日は、待ちに待ったこう君の小学校の始業式だった。久しぶりに登校し、友だちに会えて嬉しそうにしていたが、丁度その日が内閣総理大臣による緊急事態宣言の日と重なった。

更にその次の日は、あゆみちゃんの始業式の予定だったが、こう君とたった一日違っただけで、登校中止の一斉メールが届いた。

「どうして、あゆみは友だちに会えないの？　ひどいよ」

あゆみちゃんの落胆は大きかった。そしてこちらの方は、始業式の代わりに、保護者が新年度の教科書と教材を小学校まで取りに行くことになった。

きみ子さんは朝早く、まゆみさんの出勤と入れ替わりにマンションに着いた。

「おはよう」

「おはよう、おばあちゃん」

「九時になったらおばあちゃん、学校に教科書取りに行ってくるからね」

きみ子さんはあゆみちゃんと妹のくるみちゃんにピザトーストの朝食を食べさせた後、

「玄関のチャイムが鳴っても、絶対に出ちゃだめよ。怪しい人かもしれないからね」

ちょっと脅してから、二人がテレビの子ども番組に夢中になっている間に、通い慣れた道を通って小学校へと急いだ。

校門を抜け、昇降口から校舎の二階へと上がっていくと、廊下にはクラス替えによる新しい名簿が貼り出されてあった。あゆみちゃんは三組だった。仲の良い友だちの名前も探したが、残念ながら別のクラスだった。

きみ子さんが、教室の入口に立っている先生に孫の名前を伝えると、周りの先生たちが一瞬しんとなった。両親が医療従事者なのは知れ渡っている。その親族だから、ウイルスが付着しているとでも思われたのだろうか。きみ子さんは気にせず教室に入り、机の上に置いてある大きな紙の手提げ袋を持ち上げた。ところがこれが、重くて持ち上がらない。足を踏ん張り、両手で袋を抱え、何とか歩き始めた。

重い荷物を持ってよたよた歩き、やっとのことで次女のマンションに戻ると、あゆみちゃんとくるみちゃんはさっきと全く同じ姿勢で、テレビを見ていた。まるで時間が止まっていたかのようだった。

「いつまでもパジャマ着てないで、さっさと着替えなさい」

きみ子さんは二人をせき立てたが、最近おしゃれになったあゆみちゃんは、なかなか服が決められない。

「ねぇ、スカートとズボンとどっちが良いかな」

「ズボンでいいでしょ」

「ズボンに合う服が無いよ」

「それならばスカート」

「やっぱりワンピースにする」

どうせ家の中でゴロゴロしているだけなのだから、何でもいいじゃないかときみ子さんは思うのだが、あゆみちゃんとしては、そうもいかないようだった。ようやく支度が終わると、きみ子さんは二人を連れて、自分の家へと急いだ。

この頃にはきみ子さんたちは皆、すっかりステイホームに飽きていた。マイペースで休みを謳歌しているのは、ニュージーランドから帰ってきたばかりのゆきちゃんだけだった。

そんなある日のことだ。この日は不気味なくらい家の中が静かだった。孫たちは全員二階に上がっている。ベランダに面した和室でくつろぐゆきちゃん以外の三人は、目の届かない場所で何やら怪しげな企みをしているらしい。気になったきみ子さんは上を覗き、そっと階段を上っていく。上り切ったすぐ右手には、満夫さんがまだ若い頃、書斎として使っていた三畳ほどの広さの部屋がある。今は満夫さんのガラクタが入った箱が積み上げてあり、物置同然の部屋だった。ただ昔の名残で、今も小さな机が隅に置かれていた。ここはたまにこう君が、勉強部屋代わりにすることもあったが、ある時からこう君、あゆみちゃん、くるみちゃん三人の隠れ家としても使われるようになっていた。その部屋のドアが閉まり、中からごそごそと音がする。トントントントン、ノックしてみる。

「入らないで。今取り込み中」

よく見ると、ドアにイラスト入りの大きな紙が貼ってある。「ネコ研究所」。猫の何を研究するのかよく分からないが、所長がこう君で副所長があゆみちゃん、雑用係がくるみちゃんと書いてある。

その日から彼らは、きみ子さんの家に来る度に、ここにこもって研究に没頭するようになった。現在は、きみ子さんのタブレット端末を勝手に持ち込んで猫の肉球について調べているらしい。どうもよく分からないが、ここに籠っている数時間は家の中が静かになるので、きみ子さんとしては反対する理由は何もなかった。

四月も既に半ばを過ぎていた。こう君は、塾の授業がほんの数回再開されただけで、再び休止になり、動画配信へと切り替わった。きみ子さんの家にあるノートパソコンを使っているが、動画とテキストを使っての自習は、どうも向き不向きがあるようだ。

こう君の場合は、パソコンの画面で先生と向き合っても、友だちからの刺激が無いものだから、学習意欲は減退するばかり。加えて、可愛い従妹からの誘惑もあって、遊びたい気持ちを抑えることが出来ない。

学校にも行けず、スポーツも出来ず、友だちと遊ぶこともダメ。新型コロナウイルスという得体の知れない敵が襲ってくる恐怖にも、幼い身で耐えなければならない。相当なストレスが溜まっているのは、見ていて間違いなかった。

こう君の塾が動画配信になってから、一週間ほど経ったその日は大雨だった。きみ子さんはただでさえストレスがたまっているのに、買い物にも行けず、家から一歩も出られない。二階には、今日も朝から四人の孫が集まっている。

台所を片付け終わってホッとしたきみ子さんが、皆が二階にいる間に新聞でも読もうかと椅子に座ったところ、まるでその時間を狙っていたかのように、リビングルームの中にある階段をドスドス下りてくる足音がした。見ると、くるみちゃんだった。

「こう君とお姉ちゃんが、私のこと仲間に入れてくれないの」と、目に涙をためて訴える。

きみ子さんはなだめたが、くるみちゃんは必要以上に大げさにしゃくり上げ、泣き続けている。

ようやく泣き止んだくるみちゃんは、リビングルームの隅に一人離れて工作を始めた。珍しく静かに、何かに夢中で取り組んでいる。やれやれだ。

だがしばらくすると突然、大声できみ子さんを呼ぶ声がした。

「おばあちゃん、この黒い穴って、物を入れると消えて無くなる魔法の穴なんだね」

穴、何だろう。その時きみ子さんは台所にいたが、慌ててくるみちゃんのそばに駆け寄った。見ると、くるみちゃんが小さな手を突っ込んでいたのは、リビングルームの奥に置いてあるステレオの、大きなスピーカーの裏側だった。

普段はあまり注意して見ることはなかったが、確かにスピーカーの裏側には大きな穴があった。その穴は切れ目の入った黒い樹脂のシートで覆われていて、くるみちゃんの小さな手ならば奥まで入る。

「ほらね、どんどん入るでしょ。入れると消えて無くなるんだよ。魔法の穴だね」

「何をいくつくらい入れたの」

「いろんなもの、いっぱい」

何を入れたのだろう。きみ子さんはすぐにスピーカーを抱えて振り、中に入った物を取り出そうとしたが、どういうわけか全く出てくる気配がない。

「魔法の穴だから、どこかに消えて無くなったんだよ。探しても、もう遠くに行っちゃって、穴の中には無いよ」

自信に満ちた口調で説明する、くるみちゃんだった。

ゴールデンウィークは、全く何の変化も楽しいこともないまま過ぎて行き、五月七日になって、やっとゆきちゃんの高校の入学式があった。と言っても中高一貫校なので、いつもの始業式と大差なく、担任やクラスの発表と、教科書の配付があっただけで、早々と校舎から追い出されて帰ってきた。

この頃になって、一方通行の動画配信が徐々にオンライン授業へと切り替わっていった。会議用のシステムを活用した授業だ。最初の頃は塾だけがオンラインだったが、一週間遅れて、学校でも始まった。小学生のこう君と従妹のあゆみちゃんは、ホームルームだけのオンライン。一方、高校生のゆきちゃんは、時間割通り授業があるらしい。驚いたことに、休み時間や、昼食の時間まで決められている。例えば、一時限目は九時から九時五十分、二時限目はホームルームで十時から十時五十分、三時限目は十一時から十一時五十分、その後昼食休みが十三時二十分まで……。ざっとこんな感じだった。

学校に行っていれば、別にどうということもない時間割だが、家の中にいてこの通り実行するのは、何だか奇妙な感じだった。

このオンライン授業、参加する孫が一人ならば何も困ることは無いのだが、きみ子さんの場合は長女の所に二人、次女の所に一人の合わせて三人もいて、その三人の通っている学校がバラバラだ。オンライン授業の時間も五分、十分と微妙にずれていて、三人の時間割に合わせて間違いなく授業を受けさせるのは一苦労だ。また当然ながら、三人の時間割が重なることも多いので、三人にそれぞれ別の通信機器を用意しなければならなかった。

よその家庭はどうしているのだろう。子どもの人数によっては、パソコンやスマートフォンをかき集めても、足りないことがあるだろう。在宅勤務の親だったら、パソコンを占領されると、仕事にならないのではなかろうか。また、子どもだけで留守番をしている場合はどうするのか。うまくログインが出来なかったり、途中で不具合が発生することもあるだろう。きみ子さんは孫たちの時間割をテーブルの上に並べて、真剣に考え込んでしまった。

その日きみ子さんは、十時半から始まる小学校のオンライン授業に間に合うように、次女の家からあゆみちゃんとくるみちゃんを自宅に連れてきた。

十時少し前。自宅の玄関を開けると、既にゆきちゃんとこう君が来ていて、靴が脱ぎ捨ててあった。ゆきちゃんは二階和室で、自分専用のタブレットを使って既にオンライン授業中。今は休憩時間でダンスを踊っているのか、天井が振動している。こう君の方は一階のソファーの上に寝そべったまま、鼻歌を歌っていたが、きみ子さんたちが入ってきたのに気が付くと言った。

「今日午後は、三時半から七時半まで、塾のオンライン授業もあるよ。多過ぎだよ。ストレスたまるよ」

「家の前の道で縄跳びでもしたらいいじゃない。少しは体を動かしてストレス解消しないとよくないよ」

「分かった、そうする」

こう君が外に出ると、リビングルームのテーブルの上に設置したノートパソコンの前に、あゆみちゃんが座る。これから四十分間のオンライン授業が始まる。と言っても、ホームルームがあるだけだが。

「おはようございます。皆元気かな。僕はこの四月から皆さんの担任になった増田です。始業式も無かったから、初めましてだね。どうかよろしくね」

「今日は、一人一人に自己紹介をしてもらおうと思います。出席番号順に指名するから、名前と好きな物や好きな事を話してください。それではトップバッターはあいだ君」

「一番、あいだひろとです。好きな事は縄跳びです」

「縄跳びかぁ、それはいいね。この中に後ろ飛び出来る子、いるかな。いたら手を挙げて。はい、ありがとう。それじゃ二重飛び出来る子は……おっ、これもいる。凄いね。学校が始まったら、体育の時間に先生と一緒に縄跳びをしよう。楽しみにしているよ」

こんな感じで、クラスの半分も順番が回らない内に、ホームルームの時間は終わってしまった。

あゆみちゃんの様子を見ていたきみ子さんが振り向くと、二十分遅れでホームルームが始まっていたこう君は、ダイニングテーブルの上にきみ子さんのタブレット端末を置いて、ヘッドホンをしたまま時々一人でニヤニヤ笑っていた。

午後三時過ぎになった。こう君は塾のオンライン授業のために、いつものようにタブレット端末と塾のカバンを抱えて、リビングルームから真っ直ぐ階段を上り、二階の「ネコ研究所」へと入って行った。

「これから始まるから、絶対に開けないでね」

しばらく経って、きみ子さんが台所からトイレの前の廊下に出てみると、そこにくるみちゃんが立っていた。

「どうしたの？」

「何でもない。来ないで」

よく見ると、もじもじするくるみちゃんの足元が濡れている。くるみちゃんの顔は真っ赤だ。その時ゆきちゃんが、いつ下りてきたのか、リビングルームのドアを開けて顔を出し、近寄ってきた。突然大泣きを始めるくるみちゃん。

「こっち来ないで。何でもないから来ないで」

必死で叫ぶくるみちゃん。その様子を見て、ゆきちゃんが慣れているように言った。

「大丈夫だよ。うちのこう君も、前はしょっちゅうお漏らしして、ママに叱られてたよ」

姉のゆきちゃんの声に、二階からこう君が怒鳴ってきた。

「うるさい。黙れ。今授業中だから、静かにして。今から先生に質問するから、こっちの音が皆に聞こえちゃうよ」

授業中はマイクを切っていて、質問する時だけＯＮにするらしかった。きみ子さんは慌てて人差し指を口に当てて二人を黙らせ、くるみちゃんに家にあったお古のパンツを手渡して、はき替えさせた。

六時二十分。皆で晩御飯の肉団子を食べていたところ、こう君が下りてきた。

「休憩時間だよ。十分しかない」

「遅くまで授業があるんだから、少しだけでも食べちゃいなさい。野菜スープもあるから」

きみ子さんが勧めると、こう君は大急ぎでおかずを頬張り、スープを流し込んだ。そして再び二階へと駆け上がって行った。

それから三十分くらい経った頃、珍しくいつもより早く、さゆりさんが自転車に乗って子どもたちを迎えに来た。聞くと、昼から何も食べていないと言う。きみ子さんはさゆりさんにも、肉団子とスープを勧めた。

その時だった。あゆみちゃんが何か言いたそうな顔で、階段の陰からこっちを見ている。何だか様子がおかしい。しばらくの間言いにくそうに口をもぐもぐさせていたが、数分経った頃に、突然つぶやいた。

「こう君、さっき覗いたら、動画投稿サイトで猫がモフモフするのを見てたよ」

さゆりさんの顔色が変わった。部屋の中が静まり返り、気まずい空気が流れる。そして数秒の空白の後、さゆりさんが階段を大きな音を立てながら駆け上がって行った。ガラッ、ドアを開ける音。

「教科書開いてないし、ノートも取ってないじゃない。隠したタブレットを渡しなさい」

さゆりさんは力ずくでタブレット端末を奪い取る。

「塾のサイトにログインしてないじゃない。どういうことなのよ。全く授業受けてないなんて、信じられない」

さゆりさんの声が怒りで震えている。きみ子さんたちは息を潜めて、下から二階の様子をうかがう。しばらくしてさゆりさんが下りてきたが、こう君の方は下りてこなかった。

「あの子の晩御飯はいらない。連れて帰る」

さゆりさんの大声が、家中に響きわたる。やがてうなだれて下りてきたこう君は、無言で外に出て、自分の自転車を家の前の道に引き出した。全身で怒り狂うさゆりさんと、迷惑そうな顔をしたゆきちゃんが先に行き、その後からこう君がうなだれながら続いた。

三人と家の前ですれ違うようなかたちで、まゆみさんが運転する車が到着した。きみ子さんは慌てて、さゆりさんが怒っている理由を説明したが、疲れ切っていたまゆみさんは、自分の子どものことだけで精一杯で、全く耳に入らないようだった。

まゆみさんが車にあゆみちゃんとくるみちゃんを乗せて帰った後で、きみ子さんは思った。それにしても、あの短い休憩の間に、慌てて肉団子を頬張っていたこう君は何だったのだろう。子どもの演技にしては出来過ぎだ。六年生ともなると、本当に油断出来ない。

きみ子さんは完全に騙されてしまったが、あまりの名演技に、さゆりさんには悪いが、つい拍手したくなってしまった。

五月末、緊急事態宣言が解除され、孫たちの学校から授業再開のメールが次々に届くようになった。

珍しくのんびりと過ごしていた日曜日、きみ子さんはさゆりさんとまゆみさんから渡された、学校の登校スケジュールに目を通していた。

「どこの小学校も、第一週目は週に一回。翌週から二週間は一日置きで、その後は毎日ね」

きみ子さんは独り言を言いながら、予定を手帳に書き込んでいった。だが分散登校というのは、思ったより大変そうだった。週に数日、中途半端な時間に二時間ほど学校がある。オンライン授業も面倒だったが、分散登校はそれに負けないくらい大変そうだ。きっと今回も今まで以上に親たちを悩ませているに違いない。特に母親が働いている場合は、仕事とのやりくりが至難の業だろう。

子どもたちの立場から考えても、クラスを半分に分けて、前半後半とずらして授業するので、グループが違うと仲の良い友だちには会えない。がっかりする子もいるだろう。幸い高校生になったゆきちゃんだけは、短時間だが毎日朝から昼過ぎまで全員で授業があり、翌週からは通常通りの六時間授業になるという。さすが、高校生だ。

六月一日、日曜日。明日は待ちに待ったゆきちゃんとこう君の久しぶりの登校日だ。この日も朝からきみ子さんの家に来ていた二人だが、いつになく明るい表情をしていた。

ゆきちゃんは、いつものように二階和室でゴロゴロしていたが、夕方になって下りてきて、何やら言いにくそうにもじもじしている。

「スマホのグループ連絡網に、明日学校の帰りに鎌倉まで遊びに行こう、って書いてある。私ともう一人を除いて、全員参加で盛り上がっているみたいだけど、どうしよう。明日先生が、寄り道はだめって、はっきり言ってくれれば断りやすいんだけど」

「感染の第二波が来そうだから、やめた方がいいかもね」

「屋外を歩くだけだから。今行かないと、本当に第二波が来て、行けなくなるよ。ある意味、明日はチャンスかもよ」

何だ、行きたかったのか。きみ子さんは苦笑いしたが、緊急事態宣言が解除された以上、止めると反発されるのは間違いない。

「ママに相談して決めなさい」

きみ子さんは半分諦めて、あとの責任はさゆりさんに押し付けることにした。

そして翌日の登校日、こう君は学校から帰宅すると、いつものように自転車に乗ってきみ子さんの家にやって来た。玄関を入ると、ここしばらく無かったような明るい声でしゃべり出した。

「みんな元気だったよ」

これから、少しずつだが学校が再開していく。次女のところのくるみちゃんもそれに合わせて、保育園に通うようになる。ただ、三か月という空白期間は五歳児には長すぎた。くるみちゃんのけんと君への幼い恋心は、いつのまにか消えかけていた。

夜になり、きみ子さんは静かになった二階の「研究所」の中を覗きながら、ここ数か月の戦争のような日々を思い出していた。ふと見ると、ドアの貼り紙はいつの間にか「ネコ研究所」から「ペット研究所」へと変わり、くるみちゃんは雑用係から平社員へと昇格していた。

六月末、区役所から定額給付金二人分、二十万円が夫の口座に振り込まれた。きみ子さんはこの給付金で、地元の小さな商店を応援するつもりだった。娘たちが幼い頃からよく買い物をしていたので、顔見知りのお店も多く、微力ながら力になりたかった。

ところが時期を同じくして、住民税の納税通知書と、国民健康保険料の納入通知書が届いた。合わせると、かなりの金額だ。きみ子さんはこういうものを手にすると、早めに払わなければ落ち着かない。こうして、せっかく受け取った定額給付金の大部分は消費に回ることなく、再び区役所の公金口座へと逆戻りして行った。使い道を自由に選べなかったのは残念だったが、地元商店への応援は、他の人に任せることにした。

七月に入り、新型コロナウイルスの第二波がやって来た。中旬以降、東京の一日当たりの新たな陽性者数は二百人を超えている。だが、緊急事態宣言中とは違って、多くの人が平気で外を出歩いていていた。

丁度その頃、あゆみちゃんが突然夜中に発熱した。体温は三十九度近かった。朝になっても下がらない。あゆみちゃんは以前から、風邪で高熱を出すことがよくあったが、今回は時期が時期なので、発熱や咳があっても気軽に小児科に連れて行くことが出来ない。あゆみちゃんは学校を休み、元気過ぎるくらい元気な妹のくるみちゃんも、万が一のことを考え、保育園を休ませることになった。

翌朝いつもより早く駆け付けたきみ子さんに子ども二人を預け、まゆみさんは車で勤務先の病院へと急いだ。仕事が始まる前に、同僚でもある小児科の医師に相談するためだ。通常ならばしばらく様子見になるところだが、新型コロナかどうか白黒はっきりさせなければ、まゆみさんが担当する科の診療体制に影響が出る。

「万が一母親が濃厚接触者だったらどうする」管理室長の鶴の一声で、あゆみちゃんはその日の内に、ＰＣＲ検査を受けることになった。

その日まゆみさんが職場から戻ってきたのは、昼前だった。彼女は昼食代わりのカレーパンをかじると、高熱でフラフラしているあゆみちゃんの手をつかみ、再び車で病院へとＵターンした。当日中に結果が出る迅速法は時間制限があり、午後二時までに検査室に入らなければならない。病院に着くまでの時間を考えると、ギリギリだった。

くるみちゃんと共に残されたきみ子さんは、不安な気持ちを抑えながら、この日予定されていた塾や習い事の先生に、欠席の連絡を入れた。

まゆみさんとあゆみちゃんが解熱剤を手に戻ってきたのは、午後四時過ぎだった。

「長い棒が鼻の奥までまっすぐ入って、左のほっぺの方にぐぐって曲がってきたの。そのまま十数えて抜いたよ。入れる時と抜く時が一番痛かったよ。数えているときは、じっとしてたら痛くなかったけど、ちょっと動くと死ぬほど痛かった。検査する時は、絶対に動かない方がいいよ」

あゆみちゃんが興奮しながら、検査を受ける時のコツを、一生懸命教えてくれた。後は結果を待つばかりだ。まゆみさんが帰ってきたことで、きみ子さんは検査結果を待たずに、取り敢えず自宅に戻ることにした。

まゆみさんの家から帰る途中、自転車に乗ったきみ子さんはぼんやりしていたのか、気が付くといつもと違う道を走っていた。見慣れた「電車の見える公園」がいつまで経っても現れないので焦っていると、小雨が降り始めた。慣れない道を行ったり来たりしながら、やっとのことで家に着いた時には、全身がぐっしょり濡れていた。

その日の午後六時過ぎに、まゆみさんからスマートフォンにメッセージが届いた。

「陰性だったよ」

きみ子さんと満夫さんは、胸を撫で下ろした。これで胸を張って、学校や保育園に通える。先生方も、ほっとすることだろう。

八月に入ってようやく梅雨が明け、今までに経験したことがないような短い夏休みが始まった。しかし春からほとんど休みばかりだった孫たちは、家にいることに飽きていた。

「学校行って、友だちと遊びたい」

「でも学校に行くと、勉強があるよ。それでもいいの？」

「家にいたって、宿題ばっかりだから同じだよ。旅行とか行けないで、友だちの家にも遊びに行けない夏休みなんて、意味ないよ」

あゆみちゃんは、不満たらたらだった。くるみちゃんも幼いなりに主張した。

「遊園地行きたい。流れるプールで泳ぎたい。どこか連れて行って。お願い」

だが新型コロナウイルスの感染は拡大し続けており、外出制限は続いていた。一方でまゆみさんは真夜中に、患者の容態急変で呼び出されることも増えていた。

「担当の医師にしか判断出来ないことがあるからね。当直の医師もいるけど、経過を十分把握していない先生に任せて、もしものことがあったら、主治医として責任を感じちゃうから」

ある日まゆみさんが仕事で留守の時に、くるみちゃんがこぼした。

「昨日もママ、夜中に私たちを置いて、こっそり病院に行ったんだよ。くるみ、知っているもん。寂しいからお姉ちゃんに抱きついたら、暑いからあっち行けって蹴飛ばされた」

医療従事者の子どもだって大変なのだ。

そんな慌ただしい日々が過ぎて行き、久しぶりにまゆみさんが休みを取れた日曜日は猛暑だった、きみ子さんはまゆみさんと一緒に、あゆみちゃんとくるみちゃんを、近所のプールに連れて行くことにした。孫たちが指導を受けている地元のスイミングクラブが、日曜日の午後に家族向けに開放している時間帯があり、これまでにも何度も利用したことがあった。大人用プールが六コース、子ども用のサブプールが三コースあり、そこで自由に泳げた。天井は三階くらいの高さまで吹き抜けになっていて、広々とした巨大空間だ。ここならば感染対策も万全なので、大丈夫だろう。きみ子さんは、車で来るまゆみさんたちと、上の階にあるプールのロビーで待ち合わせた。水泳が大好きなこう君も、きみ子さんの誘いに飛び付いて、自転車で駆け付けて来た。聞くとさゆりさんは仕事で、姉のゆきちゃんは部活の自主練習で留守。こう君は、一人家の中で退屈していたらしい。

「先着六十組で入場制限をしています。あと少しで締め切りですよ」

受付の人の話では、制限を超えた場合はロビー待機となり、退出した人と入れ替わりに入場出来るらしい。早めに来て良かった。

水着に着替えて準備体操を終え、プールサイドへと下りて行くと、目の前に広がる大量の水が涼しそうに揺れて、眩しかった。ひんやりとした水に浸かると、太陽が照り付ける屋外とはまるで別世界のようだ。きみ子さんは久しぶりの解放感で、心の中がうきうきしていた。

ふと横を見ると、まゆみさんはこう君をアシスタントに、あゆみちゃんとくるみちゃんに水泳指導をしている。あゆみちゃんは背泳ぎと平泳ぎが得意だが、くるみちゃんも負けずに足を上下にバタバタさせながら、下手なクロールを泳いでいる。その様子を見ながら、きみ子さんは一人のんびりと平泳ぎをしていた。

結局その日は、順番待ちの人たちに申し訳ないと思いつつ、制限時間の二時間半たっぷり泳いで、ようやくプールから上がった。

「夏はプールに限るね。リフレッシュ出来たよ。誘ってくれてありがとう」

久しぶりに聞く、まゆみさんの明るい声だった。

受付の横の廊下を突き当たった自販機のある部屋で、スポーツドリンクを飲んで水分補給した後、きみ子さんとこう君は、車で帰る三人を見送った。

「また近い内に、泳ぎに来たいね」

そう言うと、まゆみさんは嬉しそうな顔をして、運転席の窓から手を振った。きみ子さんとこう君も大きく大きく手を振り返した。あゆみちゃんとくるみちゃんは、車の窓に顔を付けて、ニコニコ笑っている。空は雲一つなく、太陽がまぶしく照り付けている。きみ子さんとこう君も自転車に乗り、それぞれの自宅へと帰って行った。

三　様変わりした入学試験

秋になった。小学校も塾も、一応毎日普通に授業が行われるようになっていた。

この頃さゆりさんが栄養士として働く病院では、感染を恐れる職員の退職が続き、人手不足に陥っていた。特に調理現場で働くパートタイムの人たちは、未練もなくさっさと辞めていった。その影響で、さゆりさんは栄養指導や献立作成業務以外に、調理の仕事の負担が増えていった。また今までは早番や遅番は時々回ってくるだけだったが、通しと言って、早朝から夜まで続けて仕事をせざるを得ない日が続いた。母子家庭のため、夕食が用意出来ない日も多く、ゆきちゃんとこう君はきみ子さんの家で食べる日が今まで以上に増えていった。その結果、必然的にきみ子さんの食材大量買いに、再び拍車がかかったのだった。

だがきみ子さんもまゆみさんの家と掛け持ちで、いつも家にいる訳ではない。やむを得ず夫の満夫さんに、対応してもらうことも多かった。

一方でまゆみさんの方も、職場の体制が厳しいのはさゆりさん以上で、度々きみ子さんにこぼした。

「誰だって自分や家族は感染したくないよね。辞めたいと思うのは仕方ないよ。医師の場合は使命感で頑張っているけど、それでも限界があるよね」


月日が過ぎるのは早いもので、あれよあれよと言う間に冬になり、気が付くともうクリスマスだった。

「おばあちゃん、今日終業式で学校に行ったら、中学受験する子のほとんどが、始業式も含めて一月二月は学校に来ないって。学校に行って、新型コロナになったら、試験会場に入れてもらえなくなるからね」

こう君はいつものように自転車に乗ってやって来ると、開口一番そう言った。姉のゆきちゃんが六年生だった頃は、一か月以上も休むことなど考えられなかった。きみ子さんは少し驚いたが、新型コロナの影響を考えればもっともな話だった。今は当時とは状況が違うのだ。

「塾はどうするの」

こう君が通う塾は、毎年冬休みの「正月特訓」と称した集中授業が売り物で、以前はテレビのニュースでも度々取り上げられていた。今年は中止かと思ったが、例年通り実施するらしい。こう君は、学校には行かないが、塾には行きたいと言っている。だが、狭い教室に詰め込まれる人数は相当な数だ。こう君には厳しいとは思ったが、きみ子さんはきっぱりと言った。

「学校休んで塾行くのはだめでしょ。家で自分が受ける中学の過去問でもやりなさい」

年が明け、二〇二一年になった。冬休みが終わると、いよいよ私立中学校の受験シーズンがやって来た。こう君は東京の中学が第一志望で、埼玉の中学が第二志望だった。埼玉県の中学受験は早く、一月十日が一斉試験日だ。のんびりお正月の余韻に浸っている余裕は無かった。

こうして迎えた受験当日は、二回目の緊急事態宣言が出されてから、わずか三日後だった。試験会場は密を避けるために、中学校の校舎以外も選べるようになっていた。こう君が選んだのは、電車に乗って三十分ほどかかる駅から、歩いて五分の公共施設内の会場だった。

その日は、さすがに母親のさゆりさんも仕事を休んだ。心細かったのか、きみ子さんにも声が掛かった。朝、きみ子さんが会場の最寄り駅に着くと、二人は既に改札口を出た所で待っていた。

「お早う。昨日は眠れたの？」

「九時に寝た」

「コンビニで熱いお茶とチョコレート買ってあげるね」

テストの前にチョコレートを食べると頭がよく働くようになる、そんな嘘か本当か分からない話を聞いたのは、さゆりさんが小学生だった遥か昔のことだった。以来きみ子さんは、大事な試験の時は必ずチョコレートを買って持たせるようにしていた。

三人は駅の南口に出る階段を下り、右手に見えるコンビニで買い物を済ませると、線路沿いの道を真っ直ぐ南東方向に、試験会場へと急いだ。狭い道は、受験生と思われる親子連れで混み合っていた。やがて会場の建物が見えてきた。例年ならば試験会場の入口付近を応援の塾関係者が取り巻いているのだが、今年は多くの中学校でそういった応援、激励を禁止していた。

建物一階の受付で受験票を提示すると、こう君は振り向きもせず、さっさと奥へと消え去ろうとした。

「落ち着いてね。頑張れ」

きみ子さんの声にこう君は、ハイハイ分かりましたと言わんばかりに頭の上でヒラヒラ手を振り、足早に奥の階段を上って姿を消した。

さゆりさんときみ子さんは駅前に移動して、試験の間ビルの二階のファミリーレストランで時間をつぶすことにした。店内には、同じく受験生の家族と思われる人たちが、ぽつりぽつりと間隔を空けて座っていた。テーブルとテーブルの間は透明の板で仕切られていて、感染防止のために、注文はテーブルに備え付けられたタブレット端末の画面にタッチして行うようになっていた。店員による配膳の際も一言二言のみで、店内は異様なくらい静かだった。さゆりさんは朝食用にパンケーキを注文したが、きみ子さんは自宅で沢山食べてきたため食欲が無く、ドリンクバーのみにした。カフェラテや抹茶ラテを数十分おきに飲んでは暇をつぶしたが、飲み過ぎたのか、トイレにも頻繁に足を運ぶ羽目になった。

やがて、ドリンクを飲むのにも飽きてしまった。

「ねぇ、買い物に行かない？」

こう君は二科目受験なので昼前には終わる予定だが、それでもまだ時間があった。きみ子さんはさゆりさんを促して、駅と試験会場の間にある公園まで移動した。公園の奥には、細長い広場を取り囲むようにして二階建てのショッピングモールがあり、広場に面した通路からそれぞれの店に入れるようになっていた。きみ子さんたちは、二階にあったペットショップで可愛い子犬や子猫を眺めて癒された後、一階の百円ショップでちょっとした買い物をして、最後に広場の一番奥にある大きな食品専門スーパーで、その日の夕食のおかずを買い込んだ。

そうこうする内に、ようやく試験終了時間になった。しかし、試験会場入口に保護者が集まることは禁止されていた。その代わりに受験生たちは、ショッピングモール手前の公園まで誘導され、全員揃って来ることになっていた。公園内の道路に面した場所には丸くて大きな花壇があり、その周囲を取り囲むようにベンチが配置されていた。さゆりさんときみ子さんは、このベンチに座り、北風に吹かれながらこう君が現れるのを待った。

試験会場からの帰り道、線路沿いの道を歩きながらこう君が言った。

「僕たちが試験を受けた場所は、天井が高い吹き抜けになっていて、数か所ある大きな出入口と窓が全部全開で、寒かったよ」

普通の会議室ではなかったようだ。それにしても吹き込む北風に当たりながら試験を受けた小学生は、どんな気持ちだったのだろう。ひ弱な子だったら、それだけでめげてしまうに違いない。だがその年は、こういう行き過ぎた対策も、普通に行われていたのだった。その数週間後に受けた東京の中学校も、試験会場こそ校舎だったが、窓は開けっ放しで、埼玉の時と同じような寒さの中での試験だった。試験中はコートとマフラー着用可となっていたが、こう君は寒がりなので、背中とおなかに使い捨てカイロを貼っていた。

その年の入学試験はこのようにして、中学入試、高校入試、大学入試と、どれも過酷な環境の中で実施されたのだった。

受験シーズンが終わり、結局こう君は第一志望校の全ての試験日程で不合格になってしまったが、第二志望の埼玉県の中学校に無事入学が決まった。本人は微妙な表情をしていたが、きみ子さんはこの学校ののんびりした雰囲気が、こう君の性格には合っているように思え、むしろ喜んでいた。

三月になった。新型コロナウイルスに翻弄された保育園児のくるみちゃんも、無事に卒園の時期を迎えた。だが、例年園児と保護者が一堂に会して行われるお別れの会は園児のみの参加となり、家族はオンラインでその様子を見るだけになった。園児たちからすれば無観客なわけで、盛り上がりに欠けて寂しいに違いなかったが、親族にとっては悪いことばかりではなかった。離れて住む祖父母も、パスワードさえ知っていれば、リアルタイムでお別れ会を見ることが出来たのだ。きみ子さんと満夫さんも、保育園最後の会で活躍するくるみちゃんの姿を、たっぷり楽しむことが出来た。パソコンの画面に映ったくるみちゃんは、チアガールの格好をしており、高く結ったポニーテールを揺らしながら、脚を高く上げ、くるくる回りながら元気に踊っていた。と突然、「はい」という大きな掛け声と共に、数人の園児が前に出て、側転を始めた。その中にくるみちゃんもいた。そういうことが出来るとは全く知らなかったきみ子さんたちは驚いたが、くるみちゃんは見事に回転し、先生や友だちの拍手喝さいを浴びていた。きみ子さんは、この一年間の幼い子どもたちの頑張りを思い出し、見ていて胸が熱くなるのだった。

新型コロナ禍での、二回目の春休みになった。こう君は、入学予定の中学校から出されていた勉強の課題を早々と終わらせると、きみ子さんの家にやって来て、ノートパソコンで小学校時代の仲間とオンライン飲み会を始めた。

「まだ小学校を卒業したばかりでしょ。飲み会っていったい何飲むのよ」

「牛乳とジュース。あっ、サイダーもあったらちょうだい」

飲み会は相当な盛り上がりようで、二時間経っても終わる気配が無かった。

夫の満夫さんはその様子を見て言った。

「あいつらは何で入れ替わり立ち替わりやって来て、人の家で好き勝手をするんだ。いい加減にしろ」

「あいつら」と言うことは、ゆきちゃんや次女のところのあゆみちゃん、くるみちゃんのことも含まれているのだろう。相当に不満気だ。

「でもね、あの子たちには気軽に来られる場所が必要なのよ。あまり厳しくして、こんなことをしたり言ったりしたら叱られるかも、なんてビクビク気にするようになったら、いざという時に誰にも相談出来なくなるんじゃないかしら。そうなったら、その内大変な騒動に巻き込まれるかもしれないわよ」

きみ子さんは反論した。しかし実際のところは、きみ子さん自身も孫たちの世話で、相当に疲れ果てていた。

二〇二一年四月。こう君と、ピカピカの小学一年生のくるみちゃん。二人の入学式は、一日違いだった。

そしてこの入学式を境に、きみ子さんの出番は徐々に減っていった。同じ頃、東京の新型コロナウイルスの新規陽性者数は、毎日三百人から四百人台で推移していた。数か月前まで、日に千人を超えていたことから考えると、下火になってきたように思え、きみ子さんの警戒心も緩んでいた。

その頃ゆきちゃんは、まだ高校二年生になったばかりだが、大学受験を目指して、学校と塾を往復する毎日だった。池袋にある塾の自習室が気に入っていて、時間のある時はそこに籠って勉強していた。塾からの帰りには、自宅最寄り駅の二駅手前で途中下車して、国道を西方向へと歩いて帰る。かなりの距離だが、ニュージーランドですっかり鍛えられたのか、大変とは思っていないらしい。ちょっとしたエクササイズのつもりのようだったが、時間に余裕がある時は、途中にあるきみ子さんの家に寄り道しておやつを食べたり、お小遣いをせびったりも出来るので、彼女にとっては一石二鳥と言う訳だった。

一方で弟のこう君は、中学生になったら柔道部に入るという初心をすっかり忘れ、何故か唐突にバスケットボール部に入部した。本人いわく、勧誘役の上級生に才能ありそうとおだてられたそうだ。だが姉のゆきちゃんは、可愛い女の子がバスケ選手はカッコいいと言っているのを、耳にしたせいではと、疑惑の目を向けている。

こう君は、毎日電車とスクールバスで一時間以上かけて通学しているので、練習がある日は帰宅が七時を過ぎる。早くも五月の練習試合のスタメンに選ばれたそうで、土曜日も午前中の授業が終わると、夕方まで練習に励んでいる。勉強そっちのけで夢中になれるものが見つかったのは、良かったのか悪かったのか。ただ困ったことに、入学して二か月も経たないのに、ただでさえ高い背がぐんぐん竹の子のように伸びて、早くも制服のズボンの丈が足りなくなりそうだった。制服は結構値段が高かったので、作り直すとなると経済的には打撃だ。とは言うものの、体全体がすっきりして、以前のような肥満体型でなくなったのは、本当に良かった。

あゆみちゃんは小学四年生になり、さすがにしっかりしてきた。毎朝一年生のくるみちゃんの手を引いて、一緒に小学校に登校している。子どもだけで玄関の鍵を掛けて出るのはまだ心配なので、パパママが当直の時や、二人揃って早朝に出てしまう時には、きみ子さんが様子を見に行っている。

「自分たちで鍵かけて学校行けるから、もう来なくても大丈夫だよ」

あゆみちゃんは自信ありげにそう言うが、親が留守の中で自分たちで起きて、朝食も食べ、支度出来るようになるには、もう少し時間がかかりそうだった。土曜日は小学校が休みだったが、パパママが共に仕事で一日いないため、今まで通りきみ子さんの家に連れてきて、そのまま夕方まで預かった。


五月。ゴールデンウィーク直後の日曜日は真夏のように暑かった。きみ子さんが一人部屋でのんびり本を読んでいると、玄関のチャイムが鳴った。誰だろう。そう思ってインターホンの画面を覗くと、そこにはさゆりさんとこう君の姿があった。急いで玄関のドアを開けると、さゆりさんが紙の手提げ袋を差し出した。

「母の日のプレゼントだよ。この花、パンフラワーって言って、小麦粉の粘土で作っているらしいよ。これだったら枯れないから、お母さんみたいな不精な人でも大丈夫でしょ」

さゆりさんはいきなり失礼なことを言いながら、紙袋から花を取り出した。白くて丸い器に可愛いカーネーションがぎっしりと並んでいる。何故かその中央部分、真上には、ピンクのバラの花がある。よく考えると妙な取り合わせだが、バラのおかげで華やかさが増して、パッと見た目にはとても粘土には見えない、見事な出来栄えだった。

「明日二回目のワクチン接種だよ。私は持病があるから副作用で熱が出るかも。二回目って危ないんだよね。何かあったら連絡するね」

彼女は病院に勤務しているので、新型コロナワクチンの先行接種の対象になっているのだ。だが何かあって頼られても、きみ子さんはどうしたらいいのか分からない。

さゆりさんの話では、まゆみさんには事前に相談したそうだが、

「私は四月中に二回とも終わっているけど、何とも無かったよ。我が家は遺伝的に丈夫な体質だから大丈夫でしょ。神経質に悩む必要は無いよ」

と言われたそうだ。最近ますます勢い付いて仕事に燃えているまゆみさんは、ワクチン接種などどこ吹く風だったそうだ。まあ冷静に考えれば、さゆりさんは自分が勤務する病院の中で接種するのだから、何かあったら周囲が何とかしてくれるだろう。

一方で隣に立っていたこう君は、入学して初めての体育祭が秋に延期になったことや、もうすぐ中間テストで勉強が大変なことなどを一気にしゃべり、見た感じとても元気そうだった。

「また来るからね。今度久しぶりに、おばあちゃんの家の素麺、食べたいな」

何かと言えば、食べ物を話題にしたがるこう君だった。そのこう君お気に入りの、きみ子さん流素麺は、夏になると他の孫たちにも大人気だった。極細タイプの麺を、山盛りのわかめや細く割いた手作りの蒸し鶏と一緒に食べるもので、こう君はいつも軽く二人前を食べていた。冬は豚骨ラーメンで夏は素麺。この二つの定番メニューは、きっとこれからも続いていくのだろう。

こうして一通りしゃべり終わると、さゆりさんとこう君は再び自転車に乗り、いつもの細い道を帰って行った。きみ子さんは二人の自転車が道を曲がり、完全に見えなくなるまで、玄関の前に立って見送った。

この年の七月、東京の新型コロナウイルス新規陽性者数は一日千人を超えていた。そんな中で、七月二十三日に、ほぼ無観客ではあったが東京オリンピックが開幕した。感染症で一年延期になった、前代未聞のオリンピックだった。既に二〇二一年になっていたが、主催者のこだわりからか、東京２０２０の名称はそのまま使われていた。

東京の新規陽性者数は開催期間中にも増え続け、一日四千人台にまで達していたが、オリンピックは根強い反対意見をものともしなかった。選手たちの熱意がテレビ画面を通して伝わってきたのか、通常のオリンピックに負けないくらい盛り上がり、新型コロナへの警戒心も心なしか薄れたように思えた。きみ子さん自身もそうだったが、これをコロナ疲れと言うのだろう。いけないとは分かっていたが、この頃には多少のことは気にならないようになっていた。

当初の予定通り二〇二〇年開催だったら、こう君は受験勉強のためにオリンピック観戦を諦めざるを得なかっただろう。だが、幸せなことに既に中学一年生。余裕たっぷりで、部活がある時以外はほぼテレビのオリンピック中継にくぎ付けだった。日本人選手も大活躍し、新種目のスケートボードなどに魅了される若者も多かった。こうしていろいろな意味で世界中の注目を集めた東京２０２０は、日本に多くのメダルをもたらし、数多くのドラマと感動を生んだのだった。そしてその締めくくりに、江戸の夏祭りをイメージした閉会式が行われ、その幕を閉じた。引き続き行われたパラリンピックも負けずに盛り上がり、多くの感動を呼んだのだった。

やがて九月も半ばを過ぎ、オリンピック、パラリンピックの興奮がようやく収まった頃、東京の一日当たりの新規陽性者数は徐々に減り始め、やがて三桁台が続くようになった。それと同時に一気に安堵の気持ちが広がり、学校行事も少しずつ復活していった。家族の参加は相変わらず認められていなかったが、先生と生徒だけで運動会や文化祭が行われるようになり、平和な日々が続いていた。

そして冬休み。新型コロナの感染も三年目に突入しようとしていたが、二〇二二年のお正月を迎える頃にはすっかり下火の様子で、このまま落ち着くのではと、きみ子さんたちはほっとしていた。

だが世間の人々が感じていた安心感は見かけだけのもので、医療現場の大変さは、以前と全く変わっていなかった。お正月だと言うのに、さゆりさんもまゆみさんも休みはほとんど取れなかった。特に医師のまゆみさんは休めたのが元日だけで、二日は朝から夕方まで日直勤務。三日は当直で昼過ぎには出勤、当直明けの四日も、朝から夜まで働き詰めだった。そんな状態なので、まともに食事など取れるはずもなく、隙間の時間におにぎりやパンなど炭水化物を口に入れるのが精一杯。栄養バランスの欠如著しく、こういうのを医者の不養生と言うのだと、きみ子さんは嘆いていた。

他方大介君は、元日と二日に連続して日直と当直をした後、翌三日はようやく昼前に自宅に帰ってきたが、疲れて服のままベッドの上に倒れ込んだ後、まゆみさんが仕事に出る時間になっても、ずっと眠り込んでいた。

全くお正月らしくないお正月だったが、幸い冬休み中は、孫たちの習い事も休みだったので、四人全員きみ子さんの家に集合すればまとめて面倒を見ることが出来た。娘たちの家を自転車で行き来する手間が省けたので、きみ子さんとしては大助かりだった。

そんな中での一月三日、今年こそは初詣に行こうと、きみ子さんは心に決めていた。長年欠かしたことがなかったのだが、去年はこう君の受験もあり諦めた。試験前に新型コロナに感染したらとんでもないことになる、という恐怖心もあって、初詣どころではなかったのだ。

この日は残念なことに、あゆみちゃんとくるみちゃんは不参加だった。昼過ぎまで自宅でママと遊び、ママが当直のために出勤した後はパパのそばにいたいと言う。それはそうだろう、滅多に親と居られないのだから。一方さゆりさんの方は、休日出勤で早朝から留守だったので、ゆきちゃんとこう君の二人は当然のように朝からきみ子さんの家に来ていた。お節料理やお雑煮をパクパク好きなだけ食べて二人とも満腹になると、テレビのお正月特番を見ながら暇そうにしている。

「ゆきちゃん、こう君、ゴロゴロしてないでそろそろ行くよ」

「分かった。模試の成績が上がりますように、ってお願いしなくちゃね」

「僕はもう受験終わったから、別にどうでもいいや」

「いいや、じゃないの。初詣くらい行かなくちゃ。お願いするのは勉強のことだけじゃないでしょ。バスケ部で活躍したいとか言っていたじゃない。もうすぐ試合だよね。神様に必勝祈願くらいしておいた方がいいと思うよ」

「分かった、分かった。そうするよ。うるさいな」

三人が電車を乗り継ぎ、着いた先は地下鉄丸ノ内線の御茶ノ水駅だった。階段を上り、東京医科歯科大学寄りの出口を出て、神田川を右手に見ながら歩いて行くと聖橋(ひじりばし)が見えてくる。きみ子さんたちは聖橋から左に本郷通りへと曲がり、神田明神を目指した。左手には東京医科歯科大学病院の壁が高くそびえ立ち、右手には湯島聖堂の入口が見えた。

聖堂の先を右折してしばらく歩いて行くと、やがて神田明神の門が現れた。境内は人数制限があり、外で順番を待つ大勢の人々のために、秋葉原へと抜ける目の前の国道が通行止めになっていた。これだけ広い道路を通行止めにするとは、さすがに平将門が祀られている由緒ある神社だ。きみ子さんは一人で感心していた。よく見ると正門に面した辺りの国道の中央部分にはロープが張り巡らされていて、まるでディズニーランドの人気アトラクション前の行列みたいだった。きみ子さんたちも早速行列の最後尾に加わったが、周囲の人たちはマスクこそしているものの緊張感が無く、ぺちゃくちゃと楽しそうにおしゃべりしたかと思うと、時折マスクをずらして、手にしたペットボトルの飲み物を飲んでいた。そのゆるい雰囲気が、こう君の受験があった一年前とは大違いだった。

待つこと約三十分。やっと順番が来て、神社の中に入ることが許された。ところが外で厳しい入場制限が行われているのとは大違いで、一旦敷地内に入ってしまうと、参道の両側に所狭しと屋台のテントが並んでいて、マスクを外してりんご飴やじゃがバターを立ち食いする人たちで混雑していた。

その様子をチラチラ横目で見ながら、三人は正面奥の御神殿へと進んだ。きみ子さんはゆきちゃんとこう君に五十円玉を手渡すと、自分は少し奮発して五百円玉を手に握り、賽銭箱に投げ入れた。二礼二拍手のところで願い事を声に出さずに唱え、最後に一礼した。

御神殿の左脇ではおみくじが売っていて、早速購入したところ、きみ子さんとゆきちゃんは吉で、こう君だけが大吉だった。

「もう帰ろうよ」

大吉を手にしたこう君は、これで自分の用件は済んだと思ったのか、しきりに帰りたがっている。仕方なく参道を出口の方に向かって歩いて行くと、右手に何やらコンクリート造りの近代的な建物がある。それは三年前に竣工したと言う、文化交流館だった。

「折角だから入ってみようよ」

コロッと態度を変えたこう君は、興味津々だ。中に入ると、建物の一階は土産物コーナーになっており、神社定番のお札やお守り以外にも、文房具やアクセサリーのような子どもも喜ぶ雑貨や、菓子類が所狭しと並んでいた。多くの人々が肩をぶつけ合い、ごった返している様子を久しぶりに見て、きみ子さんはつい楽しくなって、隅から隅まで見て回った。更に建物の奥に目をやると、茶屋と称するカフェがあり、席と席の間にアクリル板が設置されているのが今風だったが、こちらも大変な盛況ぶりだった。茶屋はかなり待たされそうだったので、きみ子さんたちは諦めて退散することにした。だがゆきちゃんの関心は、既に別の場所に移っていた。

「せっかくここまで来たんだから、湯島聖堂にも行こうよ。入場無料だからいいでしょ。合格祈願で有名だから、ちょっとだけ覗いてみたい」

再び面倒くさそうな顔に戻ったこう君とは正反対で、ゆきちゃんは既に聖堂に心奪われていた。

この辺りでは湯島天満宮という学問の神様も有名だが、勉強の願い事をするならばどちらがいいのだろう。孔子と菅原道真。どちらもかなりの御利益が期待出来そうだが、ゆきちゃんはどうも孔子に軍配を上げたようだった。そうは言っても、所詮神頼み。結局は本人の努力と能力に結果は左右されるのだ。きみ子さんは御利益への期待に胸一杯のゆきちゃんを見ながら、そんなことを頭の中で考えていた。

こう君を説得すること約五分、ようやくその気になったこう君を従え、ゆきちゃんは聖堂の石段を一段一段上っていった。江戸時代にはこの辺り一帯が、昌平坂学問所だったと、きみ子さんは何かで読んだことがあった。

上り切ると正面に、孔子を祀っているという大成殿があった。敷地内は薄暗く人もまばらで、閉め切られた大成殿のくすんだ色が寒々とした雰囲気を醸し出していた。ゆきちゃんは早速合格祈願の絵馬を買い、人けがない廻廊に置かれた椅子に座って、熱心に願い事を書き始めた。絵馬は二枚重ねで、内側に願い事を書くようになっていた。下の二か所の紐をしっかり結び、上部に付いている紐をキュッと締めれば、簡単には開かない。こうして願い事の秘密が守られるようになっていた。

「見られる心配が無いから、受けたい大学の名前を、全部書いちゃった」

「そんなに欲張ったら、学問の神様も困るでしょ」
「大丈夫。どこか一つでいいから受からせてください、ってお願いしたから」
ゆきちゃんの目論見通りいくとは限らないが、本人が満足しているのならばそれはそれで良しとしよう。

やがて三学期が始まった。この頃には、あゆみちゃんとくるみちゃんはパパママがいなくても、二人で支度して小学校に行けるようになっていた。だがその一方で、最近のまゆみさんは家事にほとんど手が回らなくなっており、きみ子さんが肩代わりせざるを得なくなっていた。こうして再び、きみ子さんの忙しい日々が始まった。

こうした中で、新型コロナウイルスは変異を繰り返していった。人間は必死で対策をしているが、ウイルスの方だって負けてはいられないのだろう。徐々に感染力を強めた新型コロナウイルスは、この頃にはオミクロン株という強力なタイプへと変貌を遂げていた。そして始業式から一週間も経たない内に、感染者数が目に見えて増加し始め、ついに一月二十二日の土曜日、東京の新規陽性者数が一万人を突破した。これは新記録だった。まるで人間と新型コロナウイルスが、イタチごっこをしているみたいだった。

テレビでは、どこのチャンネルに替えてもオミクロン株、オミクロン株と、耳にタコが出来るくらい繰り返し、有識者やコメンテーターが、ああでも無いこうでも無いと似たような言葉を連呼していた。

患者の低年齢化も一気に進み始め、小学生の死亡者も出ているようだった。ということは、きみ子さんの孫たちにも危険が迫っているということになる。

そんなある日のことだった。きみ子さんがいつものように朝食用のサラダとソーセージとヨーグルトをテーブルの上に並べ、テレビで朝の連続テレビ小説を見ていると、突然スマートフォンが鳴り出した。見るとゆきちゃんからだった。

「おばあちゃん、大変。イツメン六人の内の一人が、熱出したみたい。それも、めちゃ高いの。いつもはすごく元気な子なんだけど、昨日はずっと授業中、気分悪いって言って机の上に突っ伏して、ほとんど居眠り状態だったんだよね。授業中に寝ちゃうなんて普通じゃないでしょ。変だなぁって思ってはいたんだけど、夜になって『ヤバい、熱が三十九度を超えている。どうしよう』ってスマホのグループにメッセージが入ったの。これって絶対ヤバいよね」

「それ、多分間違いないよ。どうするの」

「皆で相談したけど、私たちも学校休んだ方がいいかも」

「休んだ方がいいよ。もしその子が陽性だったら一大事だよ」

「私たち、絶対に濃厚接触者だよね。昨日なんか、一つのお菓子をその子と半分こして食べちゃったし。私なんかずっと腕組んで歩いていたから」

「お菓子分けっこって、何でそんなことするのよ。まさかかじった残りを貰って食べたりしてないよね」

「そんなことしないよ。手でちぎって、半分貰っただけだよ」

「それならいいけど。それで学校の先生は、まだそのこと知らないのね」

「私たちしか知らない。どうしよう」

「学校に電話しなさい。先生もきっと休みなさいって言うから」

「分かった」

それからしばらくして、きみ子さんが見損なったテレビドラマを録画で見ていると、再びゆきちゃんから電話がかかってきた。

「先生に説明したら、欠席じゃなくて出席停止になったよ。学年主任の先生まで電話に出てきて、情報を提供してくれてありがとうって、感謝されちゃった」

その時だ、突然ゆきちゃんが叫んだ。

「えっ、何これ。ＣＯＣＯＡから何か来てる。新型コロナウイルス陽性登録者と接触した可能性があります、って書いてある。どうしよう」

「ＣＯＣＯＡって何のこと」

「ほら、陽性者のそばにいた人に『あなたは濃厚接触者ですよ』って届くアプリ。前にママが私のスマホに、強制的にインストールしたやつ」

そう言えば、そんなものがあった。ゆきちゃんは、友だちだけでなく見ず知らずの人とも、ダブルで濃厚接触者になったらしかった。多感な十七歳は、感情が高ぶって電話の向こうで泣いていた。

こうしてゆきちゃんとその友だちたちは、一週間学校を休むことになった。その後は学校が中学受験の会場になっていたため、在校生全員に自宅学習の指示が出た。合わせると、二週間近く学校に行かない計算になる。そんな中で二月二日に、ついに東京都の新規陽性者数が二万人を突破したのだった。

普通ならばこの二万人突破の大記録で、テレビのニュースは再び新型コロナ一色になるところだった。ところがそのわずか二日後に、中国北京で冬季オリンピックが開幕した。テレビではスポーツ番組が主役の座を占めるようになり、孫たちの関心も、昨夏同様オリンピックへと移っていった。新型コロナで外出の機会が減って家の中に籠っていても、テレビのオリンピック番組に釘付けなので、それほどストレスを感じていないようだった。きみ子さん自身も、新型コロナそっちのけで、日本人の競技結果に一喜一憂していた。まさにオリンピックは、新型コロナ禍での最高の娯楽だった。

だがその一方で、国内の新型コロナウイルスによる一日当たりの死亡者数は、オリンピック開幕の丁度その日に百人を超え、それからはほぼ毎日のように百人以上の人々が命を落としていった。この年が受験だった子どもたちは、どんな思いでいるのだろう。きみ子さんは心が痛んだ。

オリンピック開幕から一週間が経ち、フィギュアスケートの男子フリーに人々の注目が集まっていたその日、東京では久しぶりに雪が降った。初めはみぞれ交じりだったが、夕方には本格的な雪になり、数時間後には辺り一面真っ白な銀世界へと変わっていた。東京では慣れない大雪に、多くの人々が悪戦苦闘していた。そしてその日からわずか三日しか経っていないのに、東京では再びみぞれ交じりの雪が降った。幸い夕方には雨になったが、きみ子さんは凍える寒さに外出する気力も無くなり、可能な限りステイホームに努めるのだった。

思えばこの二年間、何度も何度も感染拡大の波が来て、下火になると人出が増えて次の波が来る。そんなことの繰り返しだった。だがいずれきっと、新型コロナウイルス感染症も、季節性インフルエンザのようなありふれた病気に移行するに違いない。

その頃にはきみ子さんの祖母としての出番も、今度こそ減っていくことだろう。それを思うと、きみ子さんは一抹の寂しさを覚えた。通常は自分の子どもたちが成長した時に感じる寂しさなのだろうが、きみ子さんの場合、自分の子育て当時は仕事に追われ、寂しさを感じるゆとりが無かった。そして今、二十年以上遅れてその時がやって来たのだった。しかも長女と次女が自立していった時とは違い、今のきみ子さんは既にかなりの年齢になっている。先が見えている身としては、何とも心細い気持ちだった。

一方で娘たちは、きみ子さんの苦労などどこ吹く風。何事も無かったかのように毎日楽しそうに暮らしていた。だが娘たちは娘たちで、いつか孫の世話に追われる日が来るに違いない。こういうのを順送りと言うのだろう。

四　世界はどこに向かうのか

二〇二二年の二月も終わりに近づき、きみ子さんがパラリンピックを楽しみにしていた頃、遠く離れた東ヨーロッパで、多くの人たちを震撼させる事件が起きた。それはロシアによる、隣国ウクライナへの軍事侵攻だった。大国ロシアが隣国に、領土拡大のために攻め込んだのだ。少し前にもロシアによるクリミア半島の占領という、先行する事件があったが、今回のウクライナ側の対応は、その時とは明らかに違っていた。ウクライナの大統領が徹底抗戦の構えを見せたのだ。一歩も引かないその姿勢に、世界中の注目が集まり、テレビや新聞が一斉にウクライナ関連のニュースを報道し始めた。これはロシアにとっては想定外だったかもしれない。

本来ならばテレビの報道も、一週間後に迫った冬季パラリンピック特集で盛り上がっているはずだったが、すっかりパラリンピックの影が薄くなってしまったようで、きみ子さん自身も開幕間近であることなど忘れかけていた。

そんな日が続いたある日の昼前、コーヒーを飲みながらニュースに見入っていたきみ子さんに、突然こう君から電話がかかってきた。

「おばあちゃん。今日学校が学級閉鎖でお休みだから、お昼御飯そっちで食べてもいいかな？」

「いいよ。昨日のおでんが大量に残っているけど、やっぱりラーメンの方がいい？」

「それは勿論、ラーメンでしょ」

「了解」

「すぐに行くね」

それから三十分も経たない内に、こう君が自転車に乗ってやって来た。玄関のチャイムが鳴る。

「いらっしゃい、早かったね」

インターホンの声もろくに聞かず、こう君は玄関を入ると靴を脱ぎ捨て、リビングルームのドアを開けながら興奮した様子でしゃべり始めた。

「おばあちゃん、聞いて。塾でいつも一緒だった子が、ウクライナ人とのハーフなんだ。お父さんがウクライナ人でお母さんが日本人。今は僕とは違う中学に通っているけど、そこの中学に入った子と連絡先交換していたから聞いてみたら、その子のお父さんが今、ウクライナにいるんだって。国家総動員とかで、お父さんは戦争に参加することになっているらしいよ。でも、今どこでどうしているのか、よく分からないって。その子ショックで、今学校を休んでいるらしいよ」

「えっ、本当に？」

きみ子さんは驚いた。最近小学校や塾で、見るからにハーフと分かる子どもを見かけることが増えている。だがウクライナは人口が日本の半分も無い上に、日本とそれ程活発に交流しているようには思えなかった。そのせいもあって、日本に来ているウクライナ人など、お目に掛かることはまず無いだろうと、きみ子さんは勝手に思い込んでいた。ところがそのウクライナ人の血を引く子どもが、まさかピンポイントで、こう君の塾の同じ教室のすぐ横の席に座っていたなんて、そんな奇跡に近いことがあるものだろうか。にわかには信じ難い話だったが、こう君の話の内容はかなり具体的だった。

「その子、電車で僕とは逆方向に行く中学に通っているんだよね。駅のホームが違うから、滅多に会うことは無かったけど、僕の小学校からその学校に行った子がいるから、情報が入ってくるんだ」

なるほど、そういうことか。

「大変ね。それで、その子とお母さんは今、日本で無事なのね？」

「うん。二年前にお父さんがウクライナに一時帰国して、そのまま新型コロナのせいで、日本に戻れなくなったんだって。その子は受験の一年前だったから、お母さんと日本に残ったみたいだけど。危なかったよね。でも日本の入国制限が緩和されて、ようやく家族に会えるって時に、こんなことが起きるなんてね。よく分からないけど、男性は出国出来ないらしいよ」

「その子のお父さん戦争に行くんだよね。辛いね」

きみ子さんはそれまで、遠い世界の話だと思って漠然とニュースを見ていたが、こう君のこの発言でウクライナが突然身近に感じられるようになった。それと同時に、ニュースを見る目も真剣になった。

こう君は、大好きな豚骨ラーメンに昨日のおでんの残りのゆで卵を半切りにして乗せ、いつものように勢いよく食べた。その後しばらくソファーの上で寝そべっていたが、友だちが学校から帰る時間になると、早速スマホで連絡を取り始めた。ウクライナ人のその子を励ますために何か出来ないか、相談しているようだった。話が済むとこう君は、いつものように自転車に乗って、片手を大きく頭の上で振りながら、来た道を帰って行った。

軍事侵攻のニュースは、毎日のように続いた。そしてテレビの画面には、多くの犠牲者や破壊された建物の映像が、情け容赦なく映し出され、きみ子さんの孫たちもその悲惨な映像を目にする機会が増えていった。もうすぐ小学二年生になるくるみちゃんも例外ではなく、親がつけっぱなしにしているテレビの前で、毎日食い入るようにニュース映像を見ている。

「どうして子どもまで死んじゃうの？　何でこんなことするの？」

くるみちゃんの小さな頭の中にも、幼いなりの疑問が渦巻いていた。

そんな日が続き、ようやくやって来た冬季パラリンピック開会の三月四日、突如ウクライナの原子力発電所が攻撃された。まるでその日を狙ったかのようだった。

皆の衝撃をよそに、冬季パラリンピックが粛々と始まった。日本選手の活躍があり、多くのメダルも獲得したので、本来ならば感動的で盛り上がるはずだったが、選手の皆さんには申し訳ないと思いつつも、きみ子さんや孫たちはその気分では無くなっていた。そして気が付くと、パラリンピックは早くも閉会式の日を迎えていた。

日曜夜の歴史ドラマの後、ニュースを挟んで閉会式の中継が始まった。きみ子さんは何となく惰性でテレビを見続けていたが、その中継もわずか一時間で中断されて、別の番組に切り替わってしまった。何とも中途半端な気分だった。

こうして平和の祭典であったはずのパラリンピックが終わって、わずか数日後のことだった。ウクライナにある多くの住民が避難していた劇場が、空爆により壊滅的に破壊された。劇場周辺の地面には、『子どもたち』とロシア語で書かれていたと言う。中に子どももいると分かった上で狙ったのだろうと、テレビで報道記者がコメントしていた。

それからも連日のように、破壊された街や傷ついた人々の悲惨な姿がテレビの画面に映り続けた。戦時中の日本も、こんな感じだったのだろうか。きみ子さんは、かつて自分の母から繰り返し聞かされた、激しい空襲の中を必死で逃げ回った話を思い出していた。当時女学生だった母は、勤労動員により軍需工場で働いていたそうだが、空からの攻撃で多くの仲間が犠牲になったという。砲弾が当たらなかった数人の中に、自分が含まれていたのは奇跡だったと言っていた。きみ子さんはそんなことを思い出しながら、自分自身は安全な場所で、お菓子をつまみながらテレビを見ている。だがウクライナの幼い犠牲者と四人の孫たちの姿がふと重なり、気が付くと涙が目から溢れそうになっていた。

春分の日になった。一月二十一日から続いていた新型コロナウイルスの「まん延防止等重点措置」は、この日を最後に全国的に解除され、ニュースの見出しの中に「新型コロナ」の文字を見ることは、徐々に減っていった。

そしてこの解除により、延期されたままになっていたゆきちゃんの高校の修学旅行が、ようやく四月に実施されることになった。

「おばあちゃん、やっと修学旅行に行けることになったよ」

「おめでとう。どこに行くの」

「私たちは福岡県。北海道や奈良県のグループもあって、三方面に分かれて行くことになっている」

「全員一緒じゃないのね」

「そうだよ。福岡グループも、更に小グループに分かれて、自分たちであちこち探検する予定」

きみ子さんは随分変わった高校だと思ったが、これが今時の修学旅行なのだろうか。だが本人は、久々の旅行にすっかり浮かれている。何しろゆきちゃんたちは、高校一年生になる直前に新型コロナの流行が始まり既に二年、下手すると高校三年間が丸々コロナ禍だ。ある意味、歴史に残るような学年なのだ。運が悪い学年だとは思うが、それでも中高一貫の子どもたちはまだましな方だ。高校受験して入学した子たちは、延々と続いたオンライン授業で友だちを作る機会も乏しく、部活の経験もほとんど無し。体育祭や文化祭などの行事も取り止めで、貴重な青春を奪われてしまっているに違いない。

それから程なくして、ゆきちゃんは修学旅行の下調べを始めた。

「博多に行ったら、どんな所を見て回るの？」

「町の中をうろうろするだけだよ。あんまり遠くには行かないよ」

「南蔵院の、お釈迦様が寝そべっているところとか見ないの？」

「えっ、やだ、それって何か変。それ見たら何かいいことあるの？」

「普通は見るでしょ。せっかく行くんだから」

「そんなのより、すごく大きなショッピングモールがあるんだって。行ってみたいな。でもその前に、ポートタワーの上から、港の景色を眺めてみたい気がする」

お釈迦様には大変申し訳ないが、ゆきちゃんは名所旧跡の資料を集める気配が全く見えず、美味しい食べ物のお店やお土産情報ばかり熱心にネット検索していた。お正月にあれほど熱心に神様の御利益にすがっていた、その当人とはとても思えない。

だがゆきちゃんの修学旅行は、暗いニュースが続く中で、きみ子さんにとって数少ない明るい話題だった。

再び桜の季節がやって来た。きみ子さんは何時ものようにまゆみさんの家から帰る途中、「電車の見える公園」の脇に自転車を止めて、膨らみ始めた桜のつぼみを眺めていた。桜の木と一緒に夜風に当たりながら、ここ数年の慌ただしい日々を思い出すのだった。

自転車で公園の周りを一周し、春の空気を胸一杯吸い込んで、いつものように旧街道をひたすら走って家に着いた。

「ただいま」

きみ子さんはバッグから鍵を取り出し、鍵穴に押し込んで玄関ドアを開けると、中に向かって声を掛けた。満夫さんは既に二階の部屋で寝ているのか、リビングルームは常夜灯だけが点灯して薄暗く、シーンとしていた。きみ子さんは、窓際のソファーにドカッと腰を下ろした。するとその瞬間、左側の腰がきりっと痛んだ。最近少し忙し過ぎたせいだろうか、持病の腰痛が悪化したのかもしれなかった。

一息ついてふとテーブルの上を見ると、その日の夕刊が乱雑に広げられたままになっていた。こういう片付けがきちんと出来ないのは、満夫さんの悪い癖だった。きみ子さんはやれやれとその新聞を手に取り、畳んで片付けようとしたところ、紙面の下の方に掲載されている広告が目に入った。

「キエフ・クラシック・バレエ日本公演」

キエフはウクライナの首都キーウのロシア語読みで、長年日本ではキエフの方が使われていた。何となく気になり読んでみると、キエフ・クラシック・バレエ団のダンサーたちによる、チャリティ公演の案内だった。彼らは侵攻勃発時に運良く海外にいて、今もそのまま避難生活を続けているのだと言う。

孫のくるみちゃんは幼い頃から今も週一回クラシックバレエのレッスンに通っており、バレエが大好きだ。姉のあゆみちゃんも、受験塾に通い始める前は習っており、何度か発表会の舞台で踊ったこともある。そして何より、ウクライナには二人とも幼いなりに関心を持っている。早速、きみ子さんはくるみちゃんに電話した。くるみちゃんはまだ起きていた。

「夏休みにウクライナのバレエがあるみたいだけど、くるみちゃん行きたい？」

くるみちゃんの返事は早かった。

「行く、行く。絶対行く。お姉ちゃんにも聞いてみる」

公演は、八月末の火曜日の午後だった。姉のあゆみちゃんも心惹かれているようだったが、塾の夏期講習のスケジュールがぎっしりで、泣く泣く断念せざるを得なかった。


あっと言う間に夏が来て、八月二十三日のキエフ・クラシック・バレエの日になった。その日早めの昼食を食べると、きみ子さんとくるみちゃんの二人は、自分だけ参加出来ずに悔しがるあゆみちゃんを家に一人残し、

「塾の時間の二十分前には家を出るのよ。玄関の鍵を掛け忘れないようにね」

と言い聞かせて、一路横浜へと向かった。

その日は朝から猛烈に暑く、うだるような日差しの中、最寄りの駅までわずか十分歩いただけで、背中が汗でぐっしょり濡れてしまった。電車で池袋まで行き、ホームの端の大きな改札口を抜けて左手の階段を下りて、歩き慣れた地下道をくねくねと進むと、そこから横浜方面への地下鉄に乗り換えた。

横浜に行くのは久しぶりだった。きみ子さんが若い頃は、乗り換えが結構複雑で時間も

かかったが、地下鉄やＪＲの横浜方面への直通電車が開通したおかげで、今ではすっかり便利になっていた。途中菊名で乗り換えて、一時間かからずに日本大通り駅に到着した。

目的地は神奈川県民ホールだった。きみ子さんはくるみちゃんの手を引きながら地上に出ると、文化センターの看板を右に見ながら、取り敢えず神奈川芸術劇場の方向へと向かった。劇場つながりで、何となくこっちの道が近いように思ったのだが、大きなホールでの開演時間が近いのに人通りがまばらで、正直不安を覚えた。

やっと芸術劇場にたどり着いたが、ここも人影はわずかだった。その手前の道を左折してみると、ビルの裏道のような雰囲気で、とても大きな公演が始まる前とは思えなかった。だがそれからほんの数分後、県民ホール正面の大きな階段の右端、つまり建物の脇に到着すると、状況は一変した。そこから急いで正面に回って見渡すと、大勢の人たちが海側の道から、県民ホールに向かって歩いてくるのが目に入った。

「おばあちゃん、私たち裏口入学したみたいだね」

くるみちゃんはこんな言葉をどこで覚えたのか、意味も分かっていないのに得意そうにしゃべっていた。

くるみちゃんを促して正面の階段を上り、建物の中に入ると、新型コロナ対策で、検温やら手の消毒やらで大渋滞が起こっていた。ロビーは人で溢れ返っていて、どこの階段や通路を進めば会場内に入れるのか、完全に迷ってしまった。

くるみちゃんの手を引きながらやっと会場ホールの中に入り、苦労して自分たちの席を見つけた。だがそこには既に、高齢の男女が座っていた。きみ子さんは椅子の背もたれにある表示を指差しながら声を掛けた。

「あのー、お持ちになっているチケットのお席の番号は、こちらでお間違いありませんか？」

「こっちの席の方が好きなんだけどな。やっぱりダメかね」

男性が答えた。きみ子さんは心の中で「ダメに決まっているでしょ」と呟いたが、

「私たちが予約している席なので、恐れ入りますがずれていただけますでしょうか」

と、相手の感情を刺激しないよう、出来る限り馬鹿丁寧に頭を下げた。

内心では、こっちが頭を下げてお願いするのも何だか変だと思ったが、こうしてやっと自分たちの席に座ることが出来た。だが、何だかいつもと会場の空気が違っているのに気が付いた。初めはこの違和感がどこから来るのか分からなかったのだが、やがて会場にいる人たちの圧倒的多数が高齢者だということに気付いたのだった。いつもこういう公演に来ると大抵は若い人中心で、バレエ好きの様々な年齢の人たちが集まっている。今回は周

りのおしゃべりを聞いていると、年齢層が高いだけでなく、バレエが初めての人も結構いるようだった。ウクライナ支援と言う趣旨に賛同して、普段はバレエに縁遠い人たちも、多く足を運んでいるのだろう。

間も無く幕が上がり、白鳥の湖が始まった。

舞台は楽しく、くるみちゃんもすっかり満足しているようだった。ステージの上をよくよく見てみると、ウクライナ人に混じって日本人のダンサーも踊っていた。その人は以前からこのバレエ団に所属しているプリマだった。

だが何より驚いたのは、最後のカーテンコールの時だった。通常は出演者がステージの上にぎっしりと並ぶのだが、何だか人数が少ない。ダンサーがまばらで寂しい雰囲気だ。その時初めてきみ子さんは気が付いたのだが、今回出演したダンサーたちは、限られた人数で衣装を早替えし、一人何役もこなしながら、白鳥の湖を演じ切ったのだった。

万雷の拍手が鳴りやんだ後、きみ子さんとくるみちゃんは、多くの観客がドアの外に出るまで待ち、それからゆっくりと出口に向かって歩いて行った。そして今度は、建物正面の大きな階段の中央を下りて、人波にもまれながら海沿いの道を進んで行った。右手には山下公園が見えた。学生時代に何度か来た記憶があったが、こんなに交通の便が良い場所にあるとは意外だった。あの頃は地下鉄が通っておらず、多分駅もずっと遠くにあったのだろう。

開港資料館の前を、くるみちゃんと手をつないで歩いていると、かすかに海の匂いがした。空は晴れ渡り、新型コロナもウクライナの出来事も、一瞬忘れてしまいそうになるくらい平和だった。

こうしてきみ子さんの二〇二二年の夏は終わり、季節は再び秋から冬へと目まぐるしく移り変わっていった。

二〇二三年の春になった。ゆきちゃんは大学共通テストの直前に新型コロナに感染するというアクシデントに見舞われたが、何とか乗り越え、今は元気に大学に通っている。

本人は何事も無かったかのようにケロッとしているが、きみ子さんは感染発覚当時、寿命が縮む思いだった。さゆりさん、ゆきちゃん、こう君の三人が揃って連日高熱にうなされ、マンションに閉じ籠っていたが、駆け付けてあげたくてもこちらは高齢者。近づくことも出来ず、ただただ見守るしかなかった。三人とも解熱剤のおかげで少しは楽になったが、その後の咳がまたひどかった。咳止めを飲んでも効く気配は無く、いつまで経っても咳が残った。このままでは自宅待機期間が終わっても受験会場に入れてもらえないのでは、と心配したが、一月十四日の大学共通テストの数日前に、その咳も何とか目立たないようになった。そんな訳で、体調不良のまま受けた共通テストは散々の出来だったが、幸い共通テストを利用しない受験もあって、何とか大学に滑り込むことが出来た。

そして今では、ゆきちゃんはそんな苦労も忘れたかのように、アルバイト探しや大学でのサークル見学で、毎日忙しくしている。

そうこうする内にゴールデンウィークも過ぎて、五月六日になった。世界保健機関WHOが、長かった緊急事態宣言をついに解除した。そしてその二日後の五月八日には、日本での新型コロナの扱いが、第五類へと移行した。これからは、概ね季節性インフルエンザと同じような扱いになると言う。マスクの着用も個人の判断に任されることになった。観光地も飲食店では客席にあった透明のアクリル板が取り外され、飲み会も復活した。観光地も久しぶりに、観光客で溢れていた。

まゆみさんと大介君の勤務先の病院では、どちらも待っていたかのように、三月末に退職した人たちの送別会が開かれることになった。当直の医師を除いて全員参加が原則らしい。第五類に移行したその週末に、二人揃って帰宅が夜中になった。土曜日も朝から一日仕事があるので、送別会の開始時間は当然遅く、その分終了時間も遅くなる。過労で倒れてしまわないのだろうかと、心配になる。更にそのとばっちりで、きみ子さんはまゆみさんたちの家に泊まり込みとなり、一晩中あゆみちゃんとくるみちゃんに挟まれて寝苦しい夜を過ごすはめになった。珍しく電車で来ていたきみ子さんは、翌朝四人全員が寝静まっている間にこっそりと子ども部屋から抜け出し、始発電車で自分の家に戻った。池袋からやって来た下り電車は、昼間よりもはるかに多くの人が乗っていて、空席は探してやっと見つかるほどだった。徹夜で仕事をしたのだろうか。それとも久しぶりに飲み明かしたのだろうか。皆、疲れた顔をしていた。

翌週からは、まだ五月だと言うのに真夏のような暑い日が続いた。早々と薄手の夏服を着たきみ子さんが、氷をたっぷり入れた麦茶を飲みながらテレビをつけると、広島で開催中の先進七か国首脳会議のメンバーが、原爆慰霊碑の前で祈りを捧げる様子が画面に映っていた。今回の首脳会議はウクライナの大統領の電撃的な来日もあって、強く印象に残るものとなった。

だがウクライナを巡る情勢は、その後本格的な夏になっても、一向に収束の兆しが見えなかった。それぞれの立場によって支援する国も分かれ、世界が二分されるかのような不安な日々が続いていた。

やがて夏休みになった。きみ子さんは、再びあゆみちゃんとくるみちゃんの世話のために、早朝から奮闘する日が続いた。だがこの年の夏は連日三十五度を超える異常な暑さで、まだ朝の八時台だと言うのに、「電車の見える公園」の黄色い芋虫をチラッと横目で見る頃には、強い日差しで腕が赤くなり、全身汗だくになった。しかも運の悪いことに、朝は東に向かって走るものだから、早朝の太陽の光を正面から浴びなければならず、サングラスをかけていても目がくらんで、前が見えなくなることもしばしばだった。自宅に戻る時も、今日は珍しく早いなどと喜んでいると大変なことになる。西日が顔を直撃し、その強烈さで危うく気を失いそうになるところだった。

ところがそんな日照りが続いたかと思うと、突然ゲリラ豪雨に襲われることもあった。夕方くるみちゃんを塾に迎えに行った時は、建物の入口で待つ間にいきなり本降りになり、雷の音がゴロゴロドカンと響くものだから、思わず帰るのが怖くなった。

「しばらく様子を見た方がいいんじゃない？」

「いつ止むか分からないよ。早く帰ろうよ」

くるみちゃんに促されて、念のために持っていた折り畳み傘をさして歩き出したのだが、半分ほど歩いた所で滝のような雨になり、傘は全く役に立たなかった。くるみちゃんと二人、家に着いた時には服からぽたぽたとしずくが垂れて、見るも無残な有様だった。

一方でこう君が通う中学がある隣の埼玉県では、線状降水帯のせいで道路が冠水したと言っていた。異常気象という言葉がよく使われていたが、確かに何かが変だった。


九月になっても灼熱地獄のような夏が続き、ようやく秋らしくなった十月七日土曜日の夕方。きみ子さんは自宅のテレビの前で、ママのお迎えを待つくるみちゃんとのんびりテレビを見ていた。やがていつも見ているアニメが終わり、ニュースが始まった。画面には、いつものように戦争で破壊された街が映っていた。今日もまたウクライナなのね、そう思ったきみ子さんはため息をついた。ところが画面をよく見ると、何だか違う。何だろう。しばし考えたきみ子さんは、画面に映る人々の顔が、アラブ系であることに気付いたのだった。

それは、アフガニスタンの武装勢力ハマスによるイスラエル攻撃の映像だった。そして間もなく、イスラエルからの反撃が始まった。

「これから一体どうなるの？」

　きみ子さんは一人つぶやいた。


　翌日の日曜日から、テレビのニュースはウクライナ情勢とイスラエル情勢の二つが並び立つようになった。地球の表面を、戦争の暗い影がアメーバーのようにじわりじわりと侵食していくような気がした。

　すると丁度その時、中学三年生になっていたこう君からスマートフォンにメッセージが届いた。

「バスケの練習試合の帰りに、お昼そっちで食べたい。いつもの素麺よろしく。ワカメ多めにしてね。あとアイスも買っておいて。いつものチョコバニラ」

「昨日中間テストが終わったばかりなのに、朝から試合なの？」

　きみ子さんもメッセージを返す。

「もう中学のバスケ部は引退時期だけど、何しろ部員の数が少ないから、三年生になっても出番が多いんだよね」

はいはい、そうですか。うんざりする気持ちも心の片隅にあったが、孫から声が掛からなくなるのも寂しいものだ。こうして今日もきみ子さんは自転車に乗り、近くのスーパーへと買い出しに走った。世界がどこに向かうのか不安な中で、きみ子さんは今の自分のささやかな幸せを大事にしようと、自分で自分に言い聞かせるのだった。

著者プロフィール

香川 菜津子（かがわ なつこ）

1956年香川県生まれ。
早稲田大学政治経済学部卒業。

電車の見える公園

2024年4月15日　初版第1刷発行

著　者　香川 菜津子
発行者　瓜谷 綱延
発行所　株式会社文芸社
〒160-0022 東京都新宿区新宿1－10－1
電話 03-5369-3060（代表）
03-5369-2299（販売）

印刷所　株式会社フクイン

ISBN978-4-286-25231-5